MACHIAVEL

[法] 帕特里克·布琼——著

Patrick Boucheron

张新木 孙昕潼——译

时局之外：马基雅维利

上海文化出版社

图书在版编目（CIP）数据

时局之外：马基雅维利／（法）帕特里克·布琼著；
张新木,孙昕潼译. —上海：上海文化出版社,2021.6
ISBN 978 - 7 - 5535 - 2225 - 8

Ⅰ.①时… Ⅱ.①帕…②张…③孙… Ⅲ.①马基雅
维利—评传 Ⅳ.①K835.467＝331

中国版本图书馆 CIP 数据核字（2021）第 072461 号

图字：09 - 2020 - 1254

出 版 人：姜逸青
策　　划：小猫启蒙
责任编辑：任　战
责任监制：刘　学
封面设计：许洛熙

书　　名：时局之外：马基雅维利
著　　者：[法] 帕特里克·布琼
译　　者：张新木　孙昕潼
出　　版：上海世纪出版集团　上海文化出版社
地　　址：上海市绍兴路 7 号　200020
发　　行：上海文艺出版社发行中心
　　　　　上海市绍兴路 50 号　200020　www.ewen.co
印　　刷：苏州市越洋印刷有限公司
开　　本：787×1092　1/32
印　　张：5.25
印　　次：2021 年 6 月第 1 版　2021 年 6 月第 1 次印刷
书　　号：ISBN 978 - 7 - 5535 - 2225 - 8/I. 857
定　　价：39.00 元
如发现本书有印装质量问题请联系印刷厂质量科　电话：0512 - 68180628

序

经典的另一种打开方式

黄 珏

一

庄子描写庖丁为文惠君解牛："手之所触，肩之所倚，足之所履，膝之所踦，砉然向然，奏刀騞然，莫不中音。合于《桑林》之舞，乃中《经首》之会。"手起刀落，游刃有余，"依乎天理，批大郤，导大窾，因其固然"。只要找对地方下刀，巧妙地拆解，一头肥牛顷刻间迎刃而解，如土委地。

这出神入化、酣畅淋漓的手法和刀工委实厉害，而庄子更是从庖丁的经验之谈中悟出了养生的真谛，找到了破解"吾生也有涯，而知也无涯"之困局的不二法门。相信很多读者都有过"肉体真可悲，唉！万卷书也读累"的喟叹，的确生命太短而普鲁斯特太长。有多少读不下去读不

i

进去的经典就像捂不热的石头养不熟的狼，谁不梦想有一把庖丁解牛的刀，行云流水般切开文本的肌理，层层剥开复杂幽微的人性？

从某种意义上说，法国 France Inter 广播电台的"与……共度的夏天"（*Un été avec*）系列读书节目就是一场接一场绝妙的文学版"庖丁解牛"。灵感来自电台掌门人菲利普·瓦尔（Philippe Val），是他最早约请法兰西公学院的知名教授安托万·孔帕尼翁（Antoine Compagnon）为2012 年夏量身打造一档读书节目："人们悠闲地躺在海滩上享受着阳光和海风，或者在丰盛的午餐之前，先呷上几口开胃酒……此时陪伴他们的是电台播放的探讨蒙田的专题节目……"

教授一琢磨，整个夏天听众在度假的遮阳伞下每天听他用几分钟时间尬聊哲学，这个事情貌似挺不靠谱的，因为在浩繁芜杂的《随笔集》中自己只能大刀阔斧"选出四十来个段落，加以简要评述，既展现作品的历史深度又要挖掘其现实意义"。是效仿圣·奥古斯丁翻阅圣经那样随意摘抄？抑或是请别人随便指出一些段落进行讲解？是蜻蜓点水般把《随笔集》中的重大主题一一点到，粗粗勾勒出这部作品丰富多样的内涵和全貌？抑或是只选自己偏爱的章节，不去考虑作品的统一性和完整性？最终，孔帕尼翁的做法是随心所欲跟着感觉走，和庖丁一样，"以神遇而不以目视，官知止而神欲行"，四十个碎片的 puzzle 游戏开启了一场未知却无比自由酣畅的阅读之旅。

首季节目定档在每天中午 12：55—13：00，从周一到周五，连续四十天。节目一炮打响，像夏日啜饮一小杯加冰的茴香酒一样令人回味。那个与蒙田共度的夏天，度假者在沙滩上晒黑的不只是皮肤，还有他们的灵魂。很快，节目的广播录音结集整理成书并与次年春天出版，首印五千册很快告罄，多次加印至十五万册，至今依然排在散文随笔类书籍销售榜单的前列。

二

第二年"与普鲁斯特共度的夏天"绝对是空前绝后的梦之队豪华阵容：安托万·孔帕尼翁谈《追忆》中的"时间"、让-伊夫·塔迪埃谈"人物"、热罗姆·普里厄尔谈

"普鲁斯特及其社交界"、尼古拉·格里马尔蒂谈"爱情"、朱丽娅·克里斯蒂娃谈"想象的事物"、米歇尔·埃尔曼谈"地方"、法拉埃尔·昂托旺谈"普鲁斯特和哲学家"、阿德里安·格茨谈"艺术"。劳拉·马基在次年出版的同名书籍的序中说:这也是读者睁开眼睛,荡漾在普鲁斯特的遐想之中"阅读自己内心"、"深刻认识自己"的夏天。

从此,这档由专家、学者、作家合力精心打造的"大家读经典"的广播节目成了 France Inter 每个夏天的固定节目,随之出版的系列丛书也因深入浅出、纵横捭阖、妙趣横生的风格受到无数读者的追捧,掀起了一股沙滩阅读浪潮。继蒙田和普鲁斯特之后,是与波德莱尔(2014)、维克多·雨果(2015)、马基雅维利(2016)、荷马(2017)、保尔·瓦莱里(2018)、帕斯卡尔(2019)、兰波(2020)共度的夏天……在大家(学者/作家)的带领和指点下,大家(读者/听众)得到了一种快速沉浸式的阅读体验,打破了常规的学院派阅读定势和对作家及其作品的刻板印象,再晦涩再难啃的经典仿佛都在热辣的夏天被一一点中了穴道,手到擒来。

三

这一另辟蹊径的书系很快也得到了中国学界和出版界的瞩目，2016 年华东师范大学六点分社率先引进出版了《与蒙田共度的夏天》。而翻译《追忆》的徐和瑾先生向译林出版社推荐并翻译了《与普鲁斯特共度假日》。今年，上海文化出版社推出的是这个系列接下来的四种，为了凸显书的内容，书名被改成了更加个性化的《污泥与黄金：波德莱尔》《时局之外：马基雅维利》《只闻其名：雨果》《在宙斯的阳光下：荷马》。

其实"共度的夏天"套用在所有经典作家身上有时也有一种违和感，比如在安托万·孔帕尼翁看来，"'与波德莱尔共度的秋天'才是更为应景的题目，这个衰亡的季节，日头渐短，猫咪也在壁炉边缩成了一团"。他也很清楚写波德莱尔要比两年前写蒙田的挑战更大，"人们喜爱《随笔集》的作者，是为他的诚恳、节制和谦逊，以及他的善良和博大"，且《随笔集》是他唯一的巨著，一本完美的枕边书，人们愿意"每晚重读几页，以期更好地去生活，更加智慧、更加人性地活着"。而作为被诅咒的诗人，波德莱尔阴郁、矛盾、离经叛道，他的作品也更加晦涩驳杂，有"用韵文体和散文体写就的诗歌、艺术评论、文学评论、私密信件、讽刺作品或抨击文章"。用萨特的话形容，波德莱尔"生活很失败但作品很成功"。不过，我们尽可以放心，孔帕尼翁最终找到了一种"轻快而跳跃"的方式，既尊重了诗人身上的所有矛盾，又为我们指出了一个通向小径分叉的文本花园的入口，看波德莱尔如何把"污泥"点化成金。

作为一个几乎穿越了整个十九世纪的法国大文豪，维克多·雨果的成就超出了少年时立下的志向"成为夏多布里昂或什么都不是"。他成长为赫赫有名的小说家、诗人、剧作家、政论作者；还是法兰西学术院院士、贵族院议员和国民议会议员。他"从不停止自我怀疑，以便更接近现实"。他希望自己和其他所有人一样，不畏惧也不自大，他关心生活在最底层被压迫的民众，怀抱着浪漫英雄色彩的人道主义，见他们所见、感他们所感，通过写作，带他们走向光明。劳拉·马基指出维克多·雨果最后想揭示的秘密："是爱拯救了最悲惨的人，并使他成为故事真正的主人公。"

　　除了莫衷一是的"马基雅维利主义"这个生僻的词语，我们对这位文艺复兴时期的意大利政治思想家、历史学家还知道些什么？"只要读一下我的书就会看到，在我学习管理国家事务的十五年中，从未睡过一个好觉，也没尽兴玩过一次。"1513 年，这位隐居乡间创作了《君主论》、期期艾艾想得到复辟的美第奇家族赏识的政治家这样感慨。为什么在娱乐至上的当代要重读心忧天下的马基雅维利？不是说好了秉烛夜游、花底醉卧吗？法兰西公学院历史学教授帕特里克·布琼（Patrick Boucheron）给出的理由是：居安思危。"历史上每次对马基雅维利的再度关注，都是在风雨即将到来之时，因为他是善于在暴风雨中进行哲学思考的人。如果今天我们重读马基雅维利，那肯定是又有什么值得担忧的事情来了。他回来了，你们醒醒吧！"迫使我们阅读他作品的，不是安逸的现在，而是暗藏危机、风云诡谲的将来。

　　这同样也是我们今天重读荷马史诗的理由，西尔万·泰松（Sylvain Tesson）说荷马史诗也照进了我们的现实："当代的所有事件都在史诗中找到回声，更确切地说，历史上的每一次动乱都印证了荷马史诗中的预言。因此，打开《伊利亚特》和《奥德赛》就等于在看一份报纸。这份写给全世界看的报纸，一劳永逸，表明在宙斯的天空下，一切未曾改变：人还是老样子，是既伟大又令人绝望、光芒四射又内心卑微的动物。读荷马史诗可以让你省下买报纸的钱。"

四

2018 年的夏天，我拿到法国国家图书中心（CNL）的译者资助，在南法古老迷人的小城阿尔勒（Arles）待了一段时间，那应该是我第五次还是第六次在国际文学翻译学院（CITL）的梵高空间（Espace Van Gogh）小住了。黄白相间的拱形游廊围着一个四方的内庭花园，中间是一个圆形的小喷泉，向四周辐射出八条小径，建筑格局和当年梵高画作上的景色并无二致。我很喜欢在这个闹中取静的地方翻译、冥想、放空，仿佛时间暂停了，虽然楼下经常有观光客成群结队逛花园看摄影展，偶尔也有乐队在楼前的空地上演出。

　　学院只占整栋大楼的一翼，二楼是办公场所和图书馆，三楼是十个供各国译者小住的带阁楼的房间。房间逼仄，只摆得下一张大书桌和几个小柜子，有一个带淋浴的小卫生间，从木头楼梯可以爬上小到只能搁下一张床的阁楼。虽然装了空调和暖气，但老式房子的现代设施都不大灵光，夏天空调不够冷，冬天暖气不够热，网络信号慢且随时会断……但大家都觉得这种修院式的环境更适合翻译和创作。厨房、客厅、洗衣房和一个很小的乒乓球室是公用的，还有种着草花的大露台，可以搬桌椅出来吃饭，也可以晾晒衣物床单。没过几天大家就熟识了，虽然来自不同的国家，但在这个文学翻译的共同体里很快就有了默契，半集体生活其乐融融，译者们时不时切磋翻译上遇到的问题，但大多数时间都各自关在房间里和文字单打独斗。

　　我当时正在对《两性：女性学论集》的译稿做最后的校对修订工作，偶尔也到楼下的图书馆查查资料。图书馆的入口有一个小展台，摆放着几本当季特别推荐的新书。

封面上地中海蔚蓝色的背景和古铜色的剪影在第一时间吸引了我的目光。于是，那个夏天我和西尔万·泰松笔下的荷马初次相遇。

2018年底，当上海文化出版社的编辑联系我翻译这本书时，我没有惊讶，我一直相信吸引力法则，也很期待精神层面上的第二次握手。这本书的翻译断断续续花了我一年多时间，其中有一个多月是终于完整重读了以前几次都没读完的陈中梅翻译的《奥德赛》和《伊利亚特》。所以，和泰松一样，我也很感谢有这样的契机，"让我有机会沉浸在《伊利亚特》和《奥德赛》这两部经典之中。一次在瀑布下的荡涤心灵之旅。同样，也感受到在一首诗中让自己焕然一新的欢愉"。以荷马诗歌的节奏呼吸，捕捉它的韵律，遐想着一场场英雄的战斗和乘风破浪的远行。

五

维吉尼亚·伍尔夫在一封信中曾经写过："有时我想，天堂就是持续不断、毫无倦意的阅读。"的确，阅读给予我们的，可以是忘我是销魂，也可以是自觉是警醒，仿佛一次次走进不同的平行世界，每一次走出来的时候，已然是另一个自己。

"自由就是明知命运不可战胜仍向它迈进……虽然我们不知道是在哪一天、哪一刻，却知道生命终会落幕。难道这能阻止我们翩然起舞吗?"西尔万·泰松说:"总之，生活还是要继续，要唱着歌，走向既定的命运。"

或许这就是在当代文学大家的引领下阅读（重读）经典给我们最大的启示:不管你选择与哪一本书、哪一个作家相遇，通过一种信马由缰、达达主义式的阅读，都会让我们走向另一个世界，走向另一个自己。

2021 年 5 月，和园

目 录

第一编

青年时期

1

四　季

与马基雅维利共度夏天，此话当真？多么可笑的想法。说白了，《君主论》的作者可不是一个度假的作家，也不是夏日午休的陪客。他首先是一位活动家，始终战斗在前线突破口，于他而言，描述世界，得体地见证世界，就等于致力于改变这个世界。1513 年，他在谈及《君主论》时说："只要读一下我的书就会看到，在我学习管理国家事务的十五年中，从未睡过一个好觉，也没尽兴玩过一次。"

确实，自从他 1527 年去世后，尽管遭受过不少诽谤与审查，他的书一直有人读，而且不断地在读，人们总是希望借此摆脱麻木的状态。这么说也无妨，马基雅维利让人无法抗拒，如同夏日的骄阳。这颗文曲星创作出辛辣的散文，投射出强烈的光芒，把万物勾勒得更有生命力。尼采在《善恶的彼岸》中对他的评价比谁都要透彻："他让我们呼吸到佛罗伦萨那干涩而微妙的气息，又情不自禁地提出最为严肃的问题，伴随着一种不可抑制的快板节奏（allegrissimo），这也许还不妨碍他享受一种艺术家的狡黠式快乐，大胆地展现一种对比——一种深奥、艰深、晦涩甚至危险的思想，但配上一种奔马节奏，一种着魔的愉快性情。"

然而，如果说一切都是节奏的事，那怎能不看到他所说的 qualità dei tempi，即"时代的品质"，已经到了确定无疑的多事之秋。自 1494 年起，意大利进入战争状态。这个国家，她多么以公民治理为荣，又深信其文化的优越，却一下子突然陷入闻所未闻的暴力苦难，经受着强大的君主制国家的捕猎暴力。这就是人们所说的"意大利战争"，一次巨大的幻想破灭，因为数个世纪以来，意大利半岛一直是政治现代性的实验室，即发明某种共同未来的地方。从此以后每个人都能明白，所谓的欧洲并非他物，就是即将到来的战争。

影子在拉长，冬日在到来，麻痹着人们的心灵。马基雅维利大概也在经历着这些：话儿冻结在紧闭的双唇间，无法说出我们正在变成什么。他或许经历过一个缓慢而又不可避免的运动，之前的政治语言行将过期。他曾经如此喜爱在书中研习的政治语言，如今不再具有操作性，无法准确地说出"事物的实际真相"。那么，既然最近的过去不再提供救助，为什么不转身面向他所说的"亲爱的罗马人"？为什么不潜心于过去的典籍，去经历一次巨大的清凉之浴，将这种重振未来的激活方式称之为"古代"呢？

这就是人们所说的"文艺复兴"么？也罢，只需擦亮双眼看看这片春天，这片用无辜又做作的色彩装饰的春天，它只奉献于那些看不出波提切利画中粗暴行径的人。马基雅维利是深谙世故的大师，因此在整个历史中，他始终与糟糕日子为伍。对我而言，我很难说自己在研究马基雅维利。然而，和他一起，真的，就像兄弟和战友，没错，充其量就一点点差别。这个游击队员总是冲在队伍前哨，迫使我们阅读他的作品，不是现在，而是在将来。

说到底又都是平常之事：历史上每次对马基雅维利的

再度关注，都是在风雨即将到来之时，因为他是善于在暴风雨中进行哲学思考的人。如果今天我们重读马基雅维利，那肯定是又有什么值得担忧的事情来了。他回来了，你们醒醒吧！

2

马基雅维利主义

但丁式的、卡夫卡式的、萨德式的。马基雅维利式的。
用马基雅维利自己的名字来为一种集体性焦虑命名，这是
个值得怀疑的特权。在埃米尔·利特雷（Émile Littré）的
词典中，针对"马基雅维利"词条，他给出了如下这个不
太讨喜的释义："16世纪佛罗伦萨政论家，提出了暴力专
制方法论，常常被意大利小城邦国暴君所采用。"然而很
快，这个词又加上一个引申义："任意一个肆无忌惮的国家
领导人。"例句："那些掌握着我们命运的马基雅维利。"

利特雷赋予马基雅维利的名字这样一个引申义，虽是
怪异之举，却是历史本身使然。马基雅维利主义是介于我
们和马基雅维利之间的主义。事实上，正是这样一个伟大

的人物让政治之恶浮出水面，揭露了我们不愿直面却又很难无视的丑恶嘴脸。更确切地说，这是一副面具，在它背后隐藏着一个人，一个 1469 年生于佛罗伦萨、1527 年卒于罗马的人，他叫尼可罗·马基雅维利。

因此，马基雅维利主义不是马基雅维利本人的学说，而是其最不怀好意的敌人捏造的理论。总之，这是反马基雅维利主义的一个杜撰。地狱般可怖的《君主论》曾被圣判所（Sainte Inquisition）列入禁书目录，在其作者去世五十年后，还涌现出大量标题含有"反马基雅维利"的政治论著。准确地说，这类文章始于 1576 年，其开创者拥有一个看起来注定与世间邪恶势不两立的名字：老实人耿蒂耶（Innocent Gentillet），新教神学家兼律师。

若干年之后，有位出色的耶稣会会士、天主教会反宗教改革的狂热信徒，也开始产生反对马基雅维利的想法——然而这次是强烈反对他的一切。这个人就是乔万尼·博特罗（Giovanni Botero），国家理性概念的发明者。这一概念被自然而然地用到了马基雅维利身上，因为它指明了一个事实，那就是国家没有什么别的法律，也没有什么别的必要性，无非就是如何保住江山的担忧。

从那时起，马基雅维利主义就如同一条地下暗河，默默地侵蚀着欧洲政治思想的根基，在许多地方都有它的涌水点。马基雅维利戴着面具前行：人们从一些他借用的名词中认出了他，人们从宣称与他斗争到底的想法中推断他的思想。

几乎与埃米尔·利特雷同一时期，居斯塔夫·福楼拜撰写了他的《庸见词典》（*Dictionnaire des idées reçues*）或《时兴观念一览》（*Catalogues des idées chics*）。其中字母表顺序恰好将"马基雅维利主义"（Machiavélisme）置于"马基雅维利"（Machiavel）之前。前者掩盖了后者的真正含义。"马基雅维利主义。一个只能颤抖着说的词。"然后是："马基雅维利。没读过他的作品，但把他当作一个恶棍来看。"

因此一切都是目光的问题。如果我们不颤抖，上前看，去揭开面具，凝视这个怪物，又会怎样呢？阅读他的著作以便与他相遇，那个在自己的时代掀起波澜的他，又基于同样的原因，在我们的时代也不请自来的他。事实上没有更简单的事了，因为马基雅维利并不掩饰自己，充其量就是平凡存在背后的那些事。然而当他说到自己时，态度具有足够的坦诚，<u>丝毫不减他的孤独、喜悦和疑虑</u>。于是在诗句的字里行间，他表达了自己的困惑：

> 我希望，而希望却加剧了我的折磨，
> 我哭泣，而泪水则滋养着我心伤悲，
> 我发笑，而笑声却不能入我体内，
> 我燃烧，而烧伤口似乎不在体外，
> 我害怕我听到和看到的东西，
> 诸事都会给我带来新的痛苦。
> 在希望中，我哭泣，发笑，燃烧，
> 我害怕我听到和看到的东西。

3

1469 年，春时归来

尼可罗·马基雅维利于 1469 年 5 月 3 日出生于佛罗伦萨。但 1469 年的佛罗伦萨是什么？一个众多君主粉墨登场的共和政体。是的，一个共和政体，扬扬得意，为其强势和繁荣而沾沾自喜，以拉丁语那响亮美词装点着城邦的长期经验。近三个世纪以来，该经验使这座城市成为一个自治的典范。然而这也是一个由富人们统治的共和政体，并且逐步僵化为寡头政治。

他们当中有美第奇家族，都是富有的银行家，三十余年来，一直以他们的影响力控制着城市。该家族的先驱为科西莫（Cosme）。他擅长小心行事，远离党朋，闭门谢客。他也远离宫廷的排场，生活简朴，脸上总是挂着强者的庄重，善于把自己标榜为国父。其子皮耶罗（Pierre）于1464年接班，渐渐失去了共和者的持重。五年后，即1469年这一年，佛罗伦萨的每个人都知道他病了。12月2日皮耶罗辞世，于是科西莫的孙子洛伦佐（Laurent）走向前台。他年方二十，就已体现出自家官脉的未来。他花起钱来挥金如土，不久后大家都称他为慷慨者洛伦佐（Lorenzo il Magnifico）。他在官脉中脱颖而出，势头凶猛，自立于列队之首。他的丝绒帽上缀满成百上千的珍珠宝石，人们怎能视而不见？他打扮得像个君主，但作茧自缚——就是说，根据马基雅维利之后的理解，他把自己推向前台，踏入危险境地。

危险，什么危险？为了让托斯卡纳城金贵的年轻人获得消遣，在1469年2月7日举行了一场骑士比武。然而这些让意大利城邦政治生活变成常态的战争游戏，不过是一场精心组织的拟真。一次奢华却徒劳的阅兵，如同一个舞步。这里没有一点暴力，充其量就是统治的暴力表演。在观望他的嫉妒眼神中，洛伦佐挥舞着漂亮的军旗。旗帜上烫金字母的铭文是法语，那可是骑士小说的语言，足以让所有的欧洲精英充满幻想：春时归来。

这就是文艺复兴：春回大地，永恒之春的一股再生活力，意大利撕开沉重的黑暗帷幕，重新恢复了她的黄金时代。这位年轻君主，他需要青春的力量去面对春时的归来。他需要的不是往昔，而是往昔中那活跃的、富有生气和创造力的部分，在人文主义者使用的拉丁语中叫着古典（antiquitas），相对于陈旧、过时、废弃不用之物。然而我们是否能够确定，如今显示出美好前景的春时，它是另样的东西，有别于搬上滑稽舞台的那个幻想的往昔？

我们读过《景观社会》（La Société du Spectacle），即居伊·德波（Guy Debord）在 1967 年写的预言性著作，因此我们应该预料到这种激烈鼓动所带来的有害后果，凭借着这种鼓动，对商品的拜物教甚嚣尘上。但人们什么也没有做，先知们从来无法预防重大灾难。同样，1469 年在佛罗伦萨酝酿着的大事，没人发现过任何端倪。马基雅维利出生于 5 月 3 日，即洛伦佐获胜三日之后，而他很快就感到自己生得太晚了。于是留给他的只有清醒，这也是留给绝望者的武器。

4

父亲的抱负

得承认，他常常夸大其词。他自报家门说："我出生贫寒，学着先劳筋骨，后享荣华。"直率地说，他很夸张。不过有一点倒不假，马基雅维利没能生活在衣食无忧青春不悔的年代。后来他在《佛罗伦萨史》（*Histoires florentines*）中写道："这个时代的唯一忧虑，就是场面上能锦衣玉食，交往时要精明圆滑，话说得八面玲珑。"因为在慷慨者洛伦佐的时代，若想如此，就得出身于名门望族，富甲八方，人们称之为大家族、豪门。

马基雅维利家族的生活位于豪门之下。不过要说贫寒，那也不太准确。数个世纪以来，其家族成员依靠地租维持生活，稍有拮据。这种适度的贫困，首先源于糟糕的政治选择：家族的一位祖先吉罗拉莫（Girolamo），曾因反对美第奇政权而遭逮捕、废黜和受刑，并于 1460 年死于狱中。这就是美第奇盛世的反面现实。

尼可罗于九年后出生，即 1469 年，此前家中已经有了两个姐姐。他居住的家族住房位于奥特拉诺区（Oltrarno），就在横穿佛罗伦萨的那条河对岸，那时还算人丁兴旺。家里挤满了堂兄表亲，俨然大家庭的通常模式，说笑打闹，快乐一家子，尼可罗·马基雅维利结婚后又上演了这一模式。这幢房子面对维琪奥桥，该桥于 1944 年被毁。若干年之后，史学家发现了描述其历史的一本书。这是贝尔纳多·马基雅维利阁下，即马基雅维利的父亲的家事记录。人们称他为 messer（阁下），因为他是法学博士，然而其家族与美第奇政权不和，使他不能从事律师职业。

贝尔纳多有条不紊、沉着冷静地记录了一个家族最细枝末节的生活事实。在他的《格言集》（Ricordi）里没有任何隐私的流露，这不像是一本回忆录，而更像是家族治理的详细账本。他向我们回顾了任何权力的家庭起源：没有他物，只有对事物和人员、收入和情感的治理，尤其是对细节的某种关注。

因此，贝尔纳多耐心地记下了进家的所有东西：葡萄酒、坚果、妻子和书籍。很多的书，越来越多的书。法律、历史、文学。答案在这里面么？权贵们将合法文化打造成一把最锋利的武器。我们称之为人文主义的东西，首先意味着这是一门区分艺术，佛罗伦萨的精英们高傲地使用着，令今人难以想象。然而无论如何，马基雅维利家族压根别想此事：尼可罗没有出色的家庭教师，不能去上大学，也不会希腊语。因此他成不了人文主义者，那些自诩为人文主义者的人，将让他为此付出一生的代价。

然而佛罗伦萨到处都是小学校，在那里可以学习拉丁语。当贝尔纳多开始写作时，古腾堡印刷术才发明了几个年头，不过传播得挺快。他清点了三十余本自己购买的书籍，有些价格还很昂贵。为了购得蒂托·李维的《罗马史》，贝尔纳多答应为其制作"城市、山脉与河流"的索引。九个月的工程。马基雅维利正是继承了这一点：父亲的抱负。置身于书籍中的一种抱负，依靠书籍找到应对方法的希望，找到抗衡武器的信心，借此对抗那些自认为手中掌握着武器却又不愿分享的人。

5

危险书籍的故事

人们有时会紧紧抓住某些书籍不放，就像抓住救命的浮标。当周围的一切摇晃起来、濒临倾覆的边缘时，那些书就翻腾上来，引起我们的注意，使我们免于覆舟之灾。马基雅维利的书就属于此类。在历史进程中，这些书是某些人的忠实盟友，他们试图弄懂自己政治偏航的原因。

因此，读书可以让人找到自我，读书也可以让人迷失。一篇非常古老的文章，来自遥远的地方，就这么从天而降，风风火火，沿途掀翻一切。猛然间，它使我们偏离生活的轨道。公元前 1 世纪，拉丁诗人卢克莱修用一个词来形容这种偏离，即 clinamen（克里纳门）。在其作品《物性论》中，卢克莱修唱起了世界之歌。一个没有造物主的世界，其中大自然不断进行着自身的创造。一切都是原子构成的，我们的灵魂与事物一样，也处于自身重量的引力下。

唯有这一点例外：如果说所有的粒子都以直线方式掉落至虚无，那么一切将不复存在，只剩下永无止息的漫长雨日。这里我只得引用卢克莱修的话，"在不确定的地方，原子将会有所偏离；就是说运动也会发生改变"。于是自由是可能的，时间是可能的，世界也是可能的。因此我们便可以理解为什么卢克莱修的唯物主义诗歌，那首歌颂希腊伊壁鸠鲁哲学的罗马之歌，曾被现代的人们视为无神论的课经。一本危险的书，一本误人子弟的书，让世界脱离轨道，让世界脱离铰链。

不信您瞧，马基雅维利读了这本书。不光是读，他还抄写了这本书。他艰难地重新誊抄了拉丁诗。因为在那书籍稀少的年代，对书籍的热爱代价昂贵，得以劳动为代价，身体因书写重任而受苦，腰背一折两段，两眼直冒金星。您是否还记得他的父亲贝尔纳多·马基雅维利，为了购得蒂托·李维的作品，用在书店里制作的那个索引去换取。他的儿子尼可罗做了相同的事，抄写了卢克莱修的作品。

您瞧，他完成了。他自豪地在手稿上签名落款，这部手稿如今藏于梵蒂冈图书馆，正是这个签名让史学家甄别出他的工作。

史学家就是这样的人么？就是站在读书人肩膀上读书的人么？年代大概是 1497 年，马基雅维利尚未满三十岁。他在那儿手捧一本书，那本可能会改变他人生的书。因为说白了，他那哲学不就是将卢克莱修的唯物主义移植到了政治上么？诗人卢克莱修说，凡事都是可以认识的，它们总是会产生掩盖其本质的一种图像。治理，或学会不任人治理，即理解政治的事物，就在于撕下表象的幕布。因为在幕布之后，那是事物，是事物在起作用。

为了让自己不再受事物统治，就得努力不再相信曾经有过什么黄金时代。然而还是有这么个想法，令 15 世纪佛罗伦萨的精英们纷纷陶醉，并给其粉饰上一个恭维的名称，即新柏拉图主义，包装得恰似一幅波提切利的绘画。卢克莱修所触动的正是这个把戏。因为在《物性论》第五卷中，他描绘了原始人类的原始暴力。我们继承了对起源的恐惧，卢克莱修说，那时候我们"像野兽那样"到处游荡，过着一种漂泊不定的生活。马基雅维利对此段落记忆犹新，如当人家给他讲述新大陆的故事时，或当他描述另一政治秩序的新世界时，都会这样。这种新秩序将建立在某种控制艺术之上，即无需采用过多的暴力便能控制误解，超越我们的分歧达成一致。

卢克莱修的《物性论》是本危险的书么？没有人们说得那么严重。一些史学家乐于这么想象，即这本书在1417年被人文主义者波焦·布拉乔利尼（Poggio Bracciolini，亦称波热）再次发现，确实改变了世界的走向，使得世界突然加速进入了现代。大家明白为什么这个想法对史学家们充满诱惑：它将文人所珍视的文学体验推广到人类社会中。但是人类社会太过于看重阅读的力量了。书籍永远不会产生革命。只有当我们需要阅读的时候，它们才成为我们的盟友。它们是自由的主人，就是这样，而且仅对于那些足够自由的人而言。

"我将去往先前从未有人踏足的地方。"卢克莱修写道。马基雅维利亦步亦趋，在《论蒂托·李维著〈罗马史〉前十卷》（*Discours sur la première Décade de Tite-Live*）中

如是写道:

　　我决定要踏上一条新的道路,一条没有任何
人走过的道路,它值得我为之付出千辛万苦。

　　哪些千辛万苦? 我们很快将会看到。

第二编

行动时期

6

过眼烟云，萨伏那洛拉

他在聆听他的教诲，如痴如醉，诚惶诚恐，也许还不乏钦佩。在1498年的那一天，就在佛罗伦萨，马基雅维利聆听萨伏那洛拉（Savonarole）布道。他在聆听这位语言分量令众人折服的布道者。他随后写道，众人怎么会臣服——折腰——于这种语言的力量？这位狂热的多明我会修士，自称得到神灵启示，他果真相信自己所预言的东西么？马基雅维利后来写道："我觉得他随机应变，并且粉饰谎言。"这是我们所保留下来的马基雅维利的第一封公开信，写于1498年事件白热化的阶段，那时就已经存在粉饰太平的这种政治艺术。

此时，萨伏那洛拉已经治理佛罗伦萨四年。说得更确切些，他不是以自己的名义领导佛罗伦萨。他让复仇上帝的阴影降临该市，因为他颁布的政令都是来自天国。他气愤地说："教会该挨鞭子，社会必须改革。"所谓改革，您得这样理解：这就意味着改变信仰。为改革冲动提供正当理由的东西，一贯都是那种敏锐的负罪意识。

后来发生了什么事情？城市里挤满了忏悔者，这些个"爱哭鬼"，即萨伏那洛拉的政敌们所说的"狂犬病人"，在大街上对彼此拳脚相加。温和派再无一席之地。有人还强迫孩子们揭发不够虔诚的基督徒父母。萨伏那洛拉冲锋陷阵，向伪善者开火，这是所有狂热者的伟大事业。他命人点燃销毁虚荣的柴堆，焚烧妇女的饰品，还有教堂里阔气的摆设。甚至有人私传，就连《维纳斯的诞生》的作者桑德罗·波提切利也被带到那里，祭献了几幅他的画作。

所发生的事情？一如既往都是政治事件。吉罗拉谟·萨伏那洛拉修士（Frère Jérôme Savonarole）生于费拉拉（Ferrare）的一个医生家庭，受过良好的人文主义教育，然而他却将人文精神转化为对世界的憎恶。在意大利有一个《启示录》的预言家市场，这些预言家奔走于城市之间，让人们欣赏他们将未来描绘成漆黑一团的技巧。慷慨者洛伦佐在佛罗伦萨接待了萨伏那洛拉，以为能够对其加以利用，但1492年洛伦佐的去世开启了一个捉摸不定的焦虑时期。

萨伏那洛拉的讲话从圣马可修道院飘来，又给这焦虑罩上一层阴影，在激励他的同时也给他指明了一个目标：即将到来的战争。他说，这场战争有一张来自他方敌人的面孔。事实上，预言也确实被言中：1494年，来自"山那边"（Outremont）的法国国王查理八世，跨越阿尔卑斯山，整个倾覆了意大利诸城邦。面对入侵者，美第奇家族仓皇逃窜，人人都意识到了政治的真空。然而正是他们，正是美第奇家族，在佛罗伦萨市政共和机构的核心制造了这个真空，来自内部的真空，而且避免说出那个使政治失去活力的名字：专制政权。

如今，人们轻率地称这段时期为神权政治，其实这时的神权已经陷入千疮百孔的境地，勉强填补着空白，暂时代替着政治。然而政治却从来不会被完全废弃。预言家们谈论未来只是为了作用于现在。1498 年 5 月 22 日，黄昏时分，萨伏那洛拉向其审判者宣言："对于上帝来说很快办成的事情，在人间需要更长的时间。"这可不一定。事物也可以加快速度。来日便是他的死期。

7

政治新秀

如果您前往佛罗伦萨的领主广场，将会看到一座纪念碑。它表明这里是萨伏那洛拉受刑的地方。在那儿，在广场的中心，在人群的通力合作下，这位四年间用其预言性言语控制整个城市的布道者，最终被吊死并焚烧。他的子民——那些几星期前还为他燃起虚荣之火的人——将他的骨灰洒入阿诺河（l'Arno）。那是1498年5月23日。命运之轮，这位瞎眼女神，她喜欢挫败傲慢者的锐气，她的车轮刚刚一碾而过。

联盟的倒戈、阴谋与算计……事件的细节无关紧要，这些都加速了萨伏那洛拉的倒台。马基雅维利只在乎一件事：当教皇亚历山大六世成功地将乌合之众的敌人聚集为一条团结阵线时，萨伏那洛拉修士却拒绝应战。更糟糕的是，他还坚持基督教共和的和平理想，因而激发了那些不甘坐以待毙者的暴行。马基雅维利后来在《君主论》中，用考究的方式将其描写为命运的逆转：萨伏那洛拉是个没有武装的预言家。必须重新拣起他的政治意图，在哪儿搁置的，就在哪儿重拾起来，找出至此悬而未决的问题，如领袖问题、武力问题、紧急状态问题等。

这不，时机恰好到来，机会来了。通过将大议会（Grand Conseil）设立为佛罗伦萨政体的最高权力机关，萨伏那洛拉重建了共和国。马基雅维利还不是其中一员，但位置都空了出来；肃清已经开始。谁将替代萨伏那洛拉的支持者在国务厅中的位置？马基雅维利是年二十九岁，毫无政治经验，还没有被已经废黜的政体所腐蚀。他的父亲是佛罗伦萨第一秘书、著名人文主义者巴尔托洛缪·斯卡拉（Bartolomeo Scala）的密友。尼可罗·马基雅维利既无出身，又无学历，也没有人脉，无法谋此高位，但第二国务厅的秘书长，何不试试？此职薪酬不高，威望也有限，但在我们今天看来却更具战略意义：这是一个不引人注目但很有影响力的职位。

这职位，既要与佛罗伦萨所有盟友保持日常的联系，又要监视酝酿阴谋煽动群众的舆论。巴尔托洛缪·斯卡拉经常对马基雅维利的父亲说："这里是人民的下水道。"要走进民众激情的深处，不要在政权的腐臭前捏鼻子；马基雅维利所称呼的"国家职业"，正是为他量身定制的职业。

1498年6月19日，在萨伏那洛拉被处决三周后，大议会审核通过了马基雅维利的新职务。他的身边聚集起一个小团体，一直追随他至1512年，其中没有一个人年满三十岁。他们都是法学家和敏锐的文学家，更是如饥似渴的人——渴望工作，渴望权力，渴望友情。十五年间，这个欢乐的团体将共享一切，有下流玩笑也有国家机密，并且动摇了长期以来僵化佛罗伦萨公民生活的神父秩序。

一个政体的特征，还可以通过行使职务者的年龄体现出来：美第奇宫廷钟鸣鼎食的年轻人后面，却是一帮紧握领导权的人，一个老人政府。老人执政已经筋疲力尽，只好放了了之。这正是抓住政权的好时机。马基雅维利不久后将此归纳为他的名言："去碰碰运气，它是年轻人的朋友，而且因时而变。"时机来了，好戏就要开场。

8

周游列国

"您现在从家里走出来，瞧瞧您周围的人吧。"这是写于 1503 年的一封信。马基雅维利对自由与和平十人委员会（Dieci di Libertà）如是说。这十位大法官将以他们对自由的理解，决定佛罗伦萨共和国的军事行动。是一次游历的邀请？倒不如说是一次有力的劝导，以动摇他们的决心。去旅行吧，离开您的故乡，放弃您的坐姿，悄无声息地离开您的根须所带来的惬意和静谧。在更远的地方，您将看到其他的事物，尤其可以回望您原来看事物的地方。这不就是文艺复兴时期的画家们所说的透视么？

您现在从家里走出来，瞧瞧您周围的人吧。

您将会发现自己受制于两个或三个城市，它们更愿意看到您的死亡而非您的存在。去更远的地方吧；离开托斯卡纳，放眼整个意大利。您将看到她臣服于法国国王、威尼斯国王、罗马教皇和瓦伦蒂诺公爵的威权。

从托斯卡纳看佛罗伦萨，从意大利看托斯卡纳，从欧洲看意大利——何不从这个扩张的世界看欧洲呢？马基雅维利与奥古斯提诺·韦斯普奇（Agostino Vespucci）一起在国务厅工作，后者的哥哥亚美利哥（Amerigo Vespucci）是一位航海家和地理学家，他将自己的名字献给了新大陆。您已经明白了，马基雅维利所理解的离乡，各种观点中的离乡，首先就是一幅力量关系地图。

马基雅维利当时还没有使者身份，因而在外交使命期间，他不能代表佛罗伦萨，也不能参与协商。但是他可以观察、讨论和比较。在罗马涅（Romagne），从教皇之子切萨雷·博尔贾（César Borgia）那里，即他在信中所说的"瓦伦蒂诺公爵"身上，他学到了做决定的速度、让世人惊叹的艺术和操纵政治暴力中的肆无忌惮。他去过两次罗马，在那里明白了一点：教皇的过分权力将会动摇整个意大利，一旦他想要当个尚武的君主，就永不能放弃对普遍权力的精神追求。马克西米利安一世的帝国宫廷给了他启发，他将其记录在他的《关于日耳曼国家的报告》（*Portrait des choses d'Alle-magne*）中，这是一部思考王权的著作。然而只有到了法国，他才真正遇到了强权。

1500 年、1504 年、1510 年和 1511 年：马基雅维利四次被派驻法国国王路易十二身边。如今人们很难估量当时法国伟大的君主制这个超级强权的尺度。"富足而肥沃"的土地，天衣无缝的国家税收制度，任何自由传统都无法撼动的服从于官府的古老习惯：这就是让马基雅维利震惊之所在。他说，最荒谬的是，法国人看起来似乎很爱戴他们的国王。

这位佛罗伦萨使者在路易十二的宫廷里很不受待见，尤其是 1500 年的第一次出使。宫人领他闲逛，不把他放在眼里，没人听他的话。起初他还愤愤不平，认为这些大臣已经"被自己的强权蒙蔽了双眼"。后来他才明白，法国国王"只赏识武力雄厚或能进贡的人"。他在向佛罗伦萨的上司汇报时写道，抱歉对不住各位阁下，在这里，"人家把你们当作穷光蛋"——马基雅维利特地用拉丁语表述，pro nihilo（当作穷光蛋），让伤人的钉子扎得更深一点。

这些傲慢的法国人指责马基雅维利"对战争一窍不通"，马基雅维利在后来的《君主论》中进行了强烈的反驳，说他们"对国家一窍不通"。然而在那一刻，他得承受着——权将这种羞辱当作一个政治教训。游历就是一次背井离乡的操练，也是一种关于谦逊的卫生学。

9

语言利锋

　　游历与写作。马基雅维利就这样"学习国家的艺术"。出去看看吧，而当不能亲自出行时，那就与通信者飞鸿传书，这可是永不疲倦的旅行者。自 1498 至 1512 年这十五年间，佛罗伦萨国务厅的这位秘书撰写了上千封快信、报告和公函，寄达地遍及整个欧洲。他的回信就像海浪袭来，而有时由于政治节奏加快，一波还加三折。于是他只得每天多次拿起笔或匆匆口授，去讲述事件，打听消息，询问情况，探询意图。他偶尔也会情不自禁，任凭自己陶醉于某个细节的威力中，让某则叙事娓娓道出——他的文字激情四射，精雕细琢，表述中不乏尖刻，形成了他那种恶意中透着愉悦的风格。

他的语言确确实实就是这样：在行动的火焰中锻造政治语言的利锋，需要快刀斩乱麻时，那利锋可从不含糊。史学家们在说到 15 世纪的意大利时，说她发明了外交。意大利的外交技巧在半岛各国范围内出生成长，那些小国必须保持其实力平衡。这些外交技巧在后一个世纪便扩展到整个欧洲；在战争与和平的游戏中，欧洲成了扩大版的意大利。

马基雅维利生活在两个世纪之交，这个时代转折点。他是一个传统的继承者，而且要重新推进和发扬光大这个传统。那就是使者的传统，但也是这种共用语言的传统，在当时的意大利被称作谈判的语言。可别以为马基雅维利仅仅是这种说话方式的发明者。他的职业就是撰写报告，汇报那些重要公民在非正式集会上的发言，就重要事务征求他们的意见——我们保存有上千页这样的文件。他因此也位于社会话语的音调中，时时听到其节奏的变化，而且也正是通过将社会脉搏融入音乐的方式，让人们听到作为政治语言的某些东西。

我想让您听到这种语言的欢快节奏，它是那么敏捷，径直向前，以便去称呼马基雅维利所说的 Verità effetuale della cosa，即事物的实际真相。该真相一下子就能感觉到，就在他第一次公共演讲中，那声音有多洪亮。那是在 1499 年 5 月，涉及比萨的事务；比萨是佛罗伦萨永远的竞争对手。怎么办？听君一席言：

> 要保全我们的自由，必须收复比萨，没人怀疑这一点。要向你们展示这一点，我只有如下理由，况且你们都知道。我只能考虑达到或能够达到这个目标的手段，在我看来，这些手段要么是武力要么是亲爱，也就是说通过围攻来收复这座城市，或让它心甘情愿地回归我们手中。

马基雅维利接着说：亲爱自然更好，但武力有时也不可避免。

> 武力是必要的，但我们似乎应该考虑一下，现在付诸武力是否恰当。

就现在？那还得下定决心：

必须得到比萨，或是用围攻，或是用饥饿，
或是用炮火攻到它城下。

就这样想法连篇——或者——各种可能性交叉考虑。
您听到这个节奏了么？这就是马基雅维利式音调速度
（tempo），使其语言的步伐快速而坚定。决定，就是决断。
但想要决断，就得善于提供选项。

10

国家政变

　　马基雅维利的幸运，在于他总是在路途中与政治家擦肩而过，对他们感到失望。总之，他们当中没有一个人能够掌握时局，没人能够随时行动起来，干净利落，雷厉风行，果断应对，而这些都是那个时代所要求的品质。是啊，这在某种程度上是一种幸运，看到知识分子对那些权贵竟如此痴迷，那是何等的道德沦丧和文风日下。一旦找到可以仰慕的人，他们的智力就荡然无存。

　　马基雅维利寻找过值得仰慕的君主，而正因为他没有找到，便只好杜撰了一位纸上的君主。这不，从那时起，人们便不停地谈论这位君主。这个虚构人物远比那些捉摸不定的幽灵要可靠得多，后者并没能够创造历史。还记得那位皮耶罗·索德里尼（Piero Soderini）么？这位正义的吹鼓手是佛罗伦萨的强人，马基雅维利的庇护者。马基雅维利说他是一个"富有耐心和宽厚仁慈"的人，然而他那政治上的耐心却是优柔寡断或慢条斯理的反面：它练就的不是从容不迫，而是懂得把握到来的时机。然而索德里尼并没有看到游荡于共和国周边的危险，也没能武装自己去对抗敌人，因而在1512年，马基雅维利认为，索德里尼应该对佛罗伦萨政体的垮台负责，虽然他曾经激情昂扬地保卫过这个政权。十年后，当索德里尼去世之时，即1522年，马基雅维利为他写下了一首辛辣的讽刺诗。① 索德里尼的灵魂来到地狱门口。

　　来 地 狱？——普 路 托②吼 道——可 怜 的 糊

涂虫，

---

① 皮耶罗·索德里尼去世时，马基雅维利正在撰写《十年纪》。——如无特别说明，本书脚注皆为译者注。

② 普路托（拉丁语：Pluto），古罗马神话中伸张正义的冥王，掌管人们死后的灵魂世界。

和其他孩子一起升往灵薄狱①吧。

幕落。对战败者没有同情可言。当马基雅维利描写切萨雷·博尔贾于1503年退出历史舞台时，他也并不怀有更多的恻隐之心。有一段时间，他曾对博尔贾小小的残酷戏剧颇感兴趣，然而历史的舞台转到了别的地方，已经不在佛罗伦萨或罗马涅了。一部大剧即将登台，一部在意大利上演的大剧，即欧洲各君主制强国的交锋：神圣罗马帝国，法兰西王国，不久还有西班牙——1511年教皇儒略二世让西班牙卷入这场演出。

尔后全部出动。1512年4月11日，法王路易十二在拉文纳（Ravenne）获得了一次胜利，但代价如此巨大，以至于他只得放弃意大利。在盟友的支持下，他决定恢复美第奇家族在佛罗伦萨的政权。9月16日，该家族的支持者

---

① 灵薄狱（拉丁语：Limbus），即"地狱的边缘"，在天主教中指代天堂与地狱之间的模糊区域，那些不曾判罚但又无福与上帝共处天堂的灵魂在此居住。一般认为有两种不同的灵薄狱：祖先灵薄狱和婴儿灵薄狱。前者是幽禁《旧约》中诸圣的地方，要到耶稣"降临地狱"时才被释放。婴儿灵薄狱是那些虽然无罪，但原罪尚未经洗礼清除，或者心智尚未健全而不得自由的婴儿的居所。

夺取了领主宫，解散了佛罗伦萨共和国的中央机关，即大议会。这次政变挑起了一场杂乱的谋反，来自向往自由的年轻贵族们。这是一件蠢事还是一次操纵？无论如何，有人散布出一份同谋者名单，其中就有马基雅维利。

好了，一切都结束了。他职务尽失，身陷囹圄，几度受刑。命悬一线之时，是教区选举后那虔诚热情与爱国和解的奇特氛围救了他的命。时值 1513 年 5 月 11 日，年轻的枢机主教让·德·美第奇（Jean de Médicis）成为教皇，易名利奥十世。于是马基雅维利改判流放，成了他所说的"幸运之恶"（malignité de fortune）的牺牲品。难道这就是意大利人所说的灾难（disastro①）之星么？此时的他不再能像个受惊的孩童，抬眼望向天空了。要行动起来，祛灾避难，找到重返政治游戏的手段。但怎么办呢？或许书籍可以再次帮助我们实现复仇？

---

① 意大利语"disastro"源于 16 世纪，是占星术语"disastrato"的缩写，后者意思为"生于一颗不吉之星"（né sous une mauvaise étoile）。法语将此词借入，演变为"灾难"（désastre）。

第三编

灾难之后

11

流放者的信

"我现在身在乡下，自从遭遇了最后这一连串的倒霉事之后，我在佛罗伦萨停留的日子总共不超过二十天。"1513年12月10日，马基雅维利在给朋友弗朗切斯科·韦托里（Francesco Vettori）的信里如是说。这封写于流亡中的信是他的溃逃记事本：美第奇家族归来，确认废止了共和国，马基雅维利由此远离了权力，成为一个输家。于是他开始写信，不停地写信。不是为了躲避打击——已经太晚了——而是在败事之后，想弄懂为什么没有看到失败的降临。

我的生活怎样，让我告诉您。早晨，我日出

时起床，然后来到我的林场中，叫人给我伐木。我在那里待上两个小时，看看前一天干的活儿，与樵夫们一起消磨时间。他们身边总有些不称心的事，要么是彼此间的争执，要么就是与邻居的磨擦。关于这片树林，我有上千件发生在自己身上的趣事说与您听。

上千件趣事，是的，因为他模糊的文学记忆给其增光着色。他看着风景，便想起了彼特拉克①。在他离开林场时，腋下夹着一本诗集：

> 离开树林，我走向一眼泉边，再从那里来到一处我狩猎的地方。我身上带着一本书，或是但丁的，或是彼特拉克的。

接着，您看，他又回来了：

———————————

① 弗朗切斯科·彼特拉克（Francesco Petrarca, 1304—1374），意大利著名爱国主义诗人，被誉为人文主义之父。

然后我踏上回客栈的路，我与路人聊天，向他们打听消息。

　　马基雅维利是个猎人，时刻潜伏着，观察着这个激励他人生活的机制，而他自己却缺乏这种人类情感。您认为在哪里可以领略到这个叫作政治的东西？也只能是在公共事务中，那里可以看到分歧的产生。客栈里有"一名屠夫、一位磨坊主、两个烧窑工。和他们在一起，我整日自甘堕落，玩牌下棋，而就在这些游戏中，发生上千次争吵和无数次恼怒，最终导致相互谩骂"。

　　而当夜幕降临，那就是马基雅维利到旧书中拜访那些看不见的朋友的时候了。这些朋友已经去世很久，但能让我们重获新生。从他们身上也能打听到很多消息。不过若想如此，就得费点劲打扮一下，才能庄重地与先人开启对话：

　　夜幕降临，我返回家中，进入我的书房。在

门口，我脱掉沾满淤泥、污渍斑斑的日常便服，穿上与国王或教皇相配的朝服。穿得其所，我走进了先人所在的古代宫廷，受到他们和蔼的接待。我沉湎于这道只属于我的、我又为之而生的佳肴。在那里，我毫不拘束地与他们交谈，请教他们行事的道理，而他们则仁慈地回答我的问题。四个钟头的时间，我丝毫没有感到厌倦。我忘记了一切烦恼，我不再害怕贫穷，死亡亦奈何我不得。

我不知道是否还有更好的颂词来赞扬这种传情达意——这种既恭敬又悦人的方式，在人群中冲开一条路，从不强说独愁，为生者和逝者打开人类共有的生活圈。1513 年，马基雅维利在给友人的一封信中，说他自阔别公职以来，是如何成功地避免了"蔓延整个大脑的霉斑"。还有！我忘记了，他还对朋友说，他刚刚写完一本小书。书名是什么来着？这您知道的，《君主论》嘛！

12

如何阅读《君主论》？

　　而如果，说白了，他就是一个混蛋呢？即萨特对该词下的定义，我可不敢冒昧：一个混蛋，与懦夫恰恰相反，他认为自己的存在对世界的运转不可或缺。马基雅维利撰写《君主论》，不仅仅是对自己碌碌无为的一种安慰，或是向敌人进行报复。都不是，他迫切希望重返政治游戏，他为不能够运用这个有理有据的治理艺术而气急败坏。他在该书的题词中写道，这种治理基于"现代事务的长期经验和古代事务的不断解读"。

　　他是否做好了应付一切的准备，以获取当时权贵们的恩宠？当读到下面这句惊人的题词时，完全可以这么想："尼可罗·马基雅维利向同样伟大的洛伦佐·德·美第奇致敬。"这里说的是小洛伦佐①，1513 年夏天，教皇利奥十世将佛罗伦萨的治理托付于他。马基雅维利怎么会向美第奇家族的这位成员自荐？正是他导致了马基雅维利的不幸，致使共和国灭亡。在这一点上，马基雅维利是否有违于自己的诺言？或者说他在玩两面派？

背信弃义，表里不一。显然，我们很难对这本书悬置我们的判断，因为这本书竭尽全力将政治行动从公众道德中剥离出来。说到底，我们真不知道该如何读这本书。落得如此，非一日之功。关于马基雅维利主义的争论总是集中于这样一个问题，倒不是要知道马基雅维利为何而写，而是要知道他为谁而写。是为了君主们，还是为了抵抗君主的人们？18 世纪时，狄德罗率先坚持第一个答案：马基雅维利向强权者教授"一种令人憎恶的政治，用两个词来说，就是独裁的艺术"。但卢梭在其《社会契约论》中是这么回应他的："这个人并没有教会暴君们什么，他们非常明

① 洛伦佐·迪·皮耶罗·德·美第奇（Laurent de Médicis, 1492—1519），乌尔比诺公爵，从 1516 年开始成为佛罗伦萨的实际统治者，1519 年因为梅毒去世。祖父是伟大的洛伦佐·德·美第奇。

确自己要做什么；马基雅维利是要教导人民该畏惧什么。"

那么，他到底是好人，还是坏人？这个在嘴边呼之欲出的问题，最好还是先咽下去。因为，如果我们想知道马基雅维利的《君主论》为谁而作，只需参考该书的第十五章，他表示："我的意图就是为想听的人写点有用的东西。"这就是杰出的革命举动：精确地描绘到来的事物，让那些有意愿的人从中获取行动的规则。

革命举动，不错，我的确是这么说的。请听这一段的完整内容，它讲的是君主们施加于其臣民的统治。

正因为我知道有许多人就这一点写过文章，所以我担心，当我也写文章时，会被视为骄傲自大。尤其在用这种方式争辩的过程中，我远离了他人的行列。然而既然我的意图是为想听的人写点有用的东西，那在我看来，更适宜的做法是直接走向事物的实际真相，而非人们看到的表象。许多人曾经幻想过共和国和君主国，但从来没人见过，[它们]也没有真正存在过。

他所告别的"他人的行列"，就是整个政治哲学。幻想最佳政体的时代已经一去不复返。让我们从准确地命名权力的实践开始，从建立起严格的见证开始。然后呢？然后的事再说。至少，我们心里已经有所准备。

13

打江山与坐江山

马基雅维利的书，通常被人们称为《君主论》的那本书，其实并非叫作《君主论》（*Le Prince*），而是《论君主国》（*Des principautés*），拉丁语写法为 De principatibus。这其中有怎样的差别？后世又为何如此之快地忘却这种差别？从此以后人们明白，马基雅维利写的并不是一本关于良好治理的论著。他无意教导任何人，既不针对那些统治国家的人，也不针对阅读其作品的人们。在这一点上，他的确打破了那面镜子——我想说的是君主之镜（miroir aux princes），一种中世纪的传统政治文学体裁，意在对戴着王冠的君主们进行道德教育，灌输一种简捷了当却总是掷地有声的观念，即坐天下与统治正好相反。

于是马基雅维利这位驱魔大师对我们如是说：别将我们的欲望错认为现实，别再纸上谈兵幻想虚幻的共和国，而是要根据我们的经验，开始清点各种治理国家的方式。《论君主国》，这本书就像是一门治理类型学，即使马基雅维利辛辣的文字总是很快就有一种智慧的编排亦然。文章的走向会突然背离他所宣布的写作大纲，通过许多意外的偏转，外加连篇镶嵌的离题话语而渐进——似乎激扬的文字会自行孕育成长。

不过还是能看出一种先入为主的区别，他也坚守这个区别。马基雅维利讨论的不是共和国而是君主国，也不是世袭的君主国，而仅仅是通过武力、计谋和运气征服而来的君主国，说的是将自己献给英雄们的那些国家，说的是幸运的豪杰，全新的君主。而现在，我们不能再编讲故事了：打江山容易坐江山难。在马基雅维利的用语中，mantenere lo stato（维持国家）意味着既要维护国家，又要保持状态。那些做不到这一点的人，不仅会毁掉国家长治久安的机会——这一直是政治的伟大目标——还会损害国家的威严，而国家是主权、政体和机构的体现。

因此，为了能够不丢失勇敢夺来的政权，就要具备有别于普通道德的特殊品质。从第十五章开始，大纲转向，视角倒转：马基雅维利开始探讨德行，德行能够使君主成为不折不扣保住江山的行家里手。于是他的论著又有了另一个维度，既光彩夺目又惹人注目。因此，当这本书于1532年第一次以遗著的方式出版时，它的罗马出版商安东尼奥·布拉多（Antonio Blado）为它起了一个更引人注目的书名，意大利语为 *Il Principe*，即君主。

显然，后世铭记的正是这个书名。该书名在吸引阅读的同时，对作品进行了普及和简化，将其归结为一本关乎决策的必备手册，一本见机行事的论著，对所有治理人和事的职业人士来说大有裨益。用个不太好听的词来说，就是"管理"。此后，君主变成了一个统称词，根据语境，可以表示政府、政党、首领或民众。它指明，阅读马基雅维利刻不容缓。

14

政治之恶

《君主论》第十七章中有则寓言，那是讲给孩子们听的故事，意在让孩子们学会害怕。我们可以称之为"狐狸与狮子"。马基雅维利说，那些领导我们的人，他们很善于扮演牲口，时而狡猾，时而威猛。他们会根据时局来选择做狐狸还是做狮子，"因为狮子不能应对陷阱，狐狸不能抵御豺狼。因此君主需要做狐狸以识别陷阱，做狮子以威吓豺狼"。

那么，治理就是这样么？扮作动物，放弃人的本性，穿上一张牲畜的皮？所以，《君主论》就仅此而已么？一小堆可怜的计谋，充其量是些隐藏事实的浅薄技巧、乔装打扮的滑稽喜悦？惧怕这些，便正好落入圈套。那么这样好了，让我们从刚才停下的地方重新开始，冷静地审视第十五章中这个普适的建议：

> 因此对于一位君主来说，若想坐稳天下，是否就得学会不做好人，并且根据需要选择做好人或做坏人。

寥寥数语，尽皆知晓。这是必须的：马基雅维利的政治思想是一种需求的哲学。它瞄准一个目标，即坐稳天下。他的行为规则没有其他目的，就是怎么做人——根据需要选择做好人或做坏人。不能时时做坏人；正如马基雅维利在下文中写道，对于一位君主来说，躲在富丽堂皇或戒备森严的宫殿里是徒劳的，这会更加激起臣民的嫉妒，因为最好的堡垒就是丝毫不遭到人民的憎恨。因此，不要无谓的残忍，不要肆意的暴行，要善于把握武力的分寸——总之，学会不做好人。

我很乐意向您承认，受侮辱的政敌们为马基雅维利所描绘的讽刺画，真可谓画如其人。然而在这本书里，他的思想却比犬儒主义者那平庸的非道德主义更具颠覆性。在他笔下，善与恶的问题本质上是一种副词修饰：君主不需行善或作恶，该行善就行善，该作恶就作恶。

君主与什么打交道？主要是与人之恶打交道。当然啦，最好是既能得到那些被统治者的爱戴又令他们生畏。然而若果真要做选择，《君主论》的作者建议，让人敬畏您。

> 因为一般可以这样来评说人类：他们薄情寡义、生性多变、装疯卖傻、深藏不露，在危难前胆小如鼠，于利益上贪婪无度。只要您对他们做好事，他们便把一切归功于您。当不需要付出时，他们愿意奉献他们的财富、他们的产业、他们的生命和儿女，然而当需要果真临近时，他们便转身而去。

这让大家吃惊了吗？我们是否更愿意受这样的掌权人领导？他们把手放在胸前，说他们由衷地爱我们。我们也许错了。因为我们如果暂时不作任何道德评判的话，马基雅维利所言将再次显得简明易懂。他说，君主应该让自己处于这般境地，时时假设他所统治的人们身上会发生最坏的事情。如今的立法者很清楚这一点，或者说应当清楚这一点：制定法律，并不指望它们得到公正合理的执行。制定法律，或避免制定法律，就是试图在使用前预设最严厉的条文。那何不谈谈紧急状态呢？

15

紧急状态

很少有史学家能够自诩头脑清醒明辨当下。更多时候，既非他们的学识，也非他们的做法，能够帮助他们擦亮眼睛。或许只有马克·布洛克（Marc Bloch）是个例外。他的作品《奇怪的战败》（*Étrange Défaite*）写于 1940 年，无情地见证了加速走向溃败①的法国精英们的道德和知识危机。这部即时的历史巨著同样也是一次抵抗的召唤，该书在马克·布洛克英勇就义后以遗著的形式出版。他曾受尽折磨，于 1944 年 6 月 16 日遭纳粹枪杀。

而马基雅维利的《君主论》在所有方面都表现出同样

---

① 指 1940 年第二次世界大战期间，法军不到一个月就溃败于德军的闪电战之下。

尺度，写出了他自己的《奇怪的战败》。说到底就是意大利君主们的战败，面对来自山外的军队的"法式狂怒"（furia francese），他们没能保住自己的国家。自1494年起，法国军队所向披靡，而且没人对他说起这即将到来的不幸！诚然，幸运女神喜怒无常：

> 我将这不幸比作众多汹涌的河流之一，当它们发怒时，便淹没平原，冲走树木与建筑，掀起这边的土地，将其移至那边。而在汹涌的河流面前，每个人都遇水而逃，望而却步，没有任何地方可以成为水流的障碍。

那怎么办呢？当然要做工程师们该做的事啦，如列奥纳多·达·芬奇等人。马基雅维利看到他们怎么做了，而且一直陪伴他们在阿诺河分流工地上忙碌。他看着他们分流和筑堤，阻挡、分流、减轻——总之是治理，即应对敌方的行动。然而若想如此，就需要有virtù，这种政治德行同时也是一种实践理性，而这种政治德行，马基雅维利不无绝望地希望，有朝一日能够教给当时的君主们。

《君主论》的最后三章像一则响亮而又痛苦的告诫：对马基雅维利来说，现在已不再是沉湎于安谧抚慰的时候了，即普鲁塔克《名人传》（Vies parallèles）启发的书海慰藉，从古人的故事和今人的经验中轮流借鉴典范。由于河水已经泛滥成灾，当下的烦扰将冲走前进道路上的一切，也许还包括他自己的共和信念。于是他便向新时期的完美政权发出最后的呐喊，指望某位君主能够将意大利从"这种野蛮统治的臭气"中解救出来。

"臭气""野蛮人"，没错，这就是您读到的用词，马基雅维利在《君主论》最后一章中就是这么说法国人的。他舍弃了任何的讽刺距离，以拨动人们的爱国心弦，这一点过去似乎从未在他身上见过。"我的意大利"（Italia mia）——他引用了彼特拉克的诗句，不难看出，这种对意大利的诗性赞扬，就是对受伤身份的肆意表达，这种表达很自然地与诉诸武力和专制政权异曲同工。

我们八成已经进入一个危险地带，马基雅维利写作时所处的紧急状态似乎就已经证明。他一边证明，一边又激发危险地带——方法很像那些个行会，因无所作为而变得非常暴力。马基雅维利显然渴望重返游戏，去引诱幸运女神，因为这条江河也是一位女人，要学会征服她。写吧，写吧，一直写吧——什么时候最终爱上她？

第四编

书写的政策

16

政权的喜剧

还得说击而未中。如果说马基雅维利写《君主论》的意图，是为了证明像他这样的秀干精钢，对于江山永固来说不可或缺，那么很显然他失败了。该书写作之后并非不受关注，在 1514 年间，尼可罗·马基雅维利有些许希望可以重获恩典。然而，这点希望很快便被浇灭。在 1515 年 2 月的一封信中，教皇利奥十世鞭策其弟朱利亚诺·德·美第奇①，"不要和尼可罗沆瀣一气"。当法国大举进攻的威胁逐渐明了之时（1515 年马里尼亚诺战役），正是教皇掌控着佛罗伦萨的政治。

①　朱利亚诺·德·美第奇（Giuliano di Lorenzo de' Medici，1479—1516），伟大的洛伦佐之子、教皇利奥十世的弟弟，于 1512—1516 年间统治佛罗伦萨共和国。

因此必须继续战斗，要转移战役的剧场。您说是剧场？不错，为什么不呢？马基雅维利对古罗马喜剧的讽刺血脉有一种偏爱。他在青年时期就尝试过翻译泰伦提乌斯①的作品，并且创作了第一部戏剧，如今该剧本已经丢失，我们只知道其剧名为《面具》（Les Masques）。

1520年，大概写于几年前的另一出喜剧，在佛罗伦萨上演了。开场白中写道："该剧名叫《曼陀罗》（Mandragore），作者乃无名之辈，可看完您若不笑，他就请您喝酒。"

其实他不必如此：成功立杆见影。两年之后，该剧在威尼斯的某修道院演出，观众对其如此迷恋，以致演出多次被喝彩打断。这是对《君主论》作者的苦涩报答。他还在开场白中为自己如此轻佻的作品请求大家宽恕：

---

① 普布利乌斯·泰伦提乌斯·阿非尔（Publius Terentius Afer，公元前190—前159），古罗马著名喜剧家，幼年来到罗马，曾沦为家奴，但幸得主人赏识，获得了良好的教育，并一直沿用主人"泰伦提乌斯"的姓氏。他一生共撰六部戏剧作品，其中较为著名的有《婆母》《两兄弟》等。马基雅维利的五幕剧《安德罗斯女子》正是由他的同名剧改编而来。

狂举您多担待

满脑空想情怀

借缓忧郁年代。

他方寥无寸地

可以移目笃志。

因为他被禁止

展现万般才智

显身事业疆场

辛劳毫无报偿。

　　确实，《曼陀罗》的情节似乎并不复杂：尼洽老爷是位愚笨的丈夫，被一个诱惑者卡利马科所糊弄，后者企图俘获他年轻的妻子卢克蕾佳。卡利马科大获成功全靠一位狡猾的献计者①和虚伪的忏悔者提莫窦，两人共同描绘了一幅腐朽社会的图景，这个社会已经被一种有毒的植物所浸染，那就是曼陀罗。

---

① 这里作者指的是食客李古潦（Ligurio），他向卡利马科提出了使用曼陀罗花欺骗尼洽老爷的计谋。

是否应该从中看出一则政治寓言，里面的提莫窦就是萨伏那洛拉，而卢克蕾佳就是佛罗伦萨？年迈愚钝的共和国眼睁睁看着年轻的妻子被人掳走，被美第奇家族的暴政所诱惑。或许吧。然而这部喜剧中最具政治意味的，并非其背后可能隐藏的含义，而是戏剧本身，即应用于发笑情节中的激情和利益机制。正是这种机制撩拨着《君主论》，在一个挥之不去的祛魅世界中，每个人似乎都在口吐箴言。

　　总之，爱就是战争的继续，用的是同样的手段。对卢克蕾佳的征服进行得井然有序，采用了一连串的计谋。面对此番计策，如此矜持的她最终还是冷静地应诺。她最终明白了一点：迎合时代的品质才是最佳选择。这一切都发生在一个冷漠的世界中，这个世界就是因痉挛蜷缩成一团、因恐惧而战栗不已的佛罗伦萨。"您认为土耳其人今年会打到意大利来么？"剧中的一个人物问道，"我很害怕他们用尖桩行刑的方式。"

　　一出喜剧，果真如此么？若说因绝望而发笑，那这确实是一出喜剧。

17

说笑者马基雅维利

"史学家、喜剧和悲剧作家。"马基雅维利在其生命后期，在致友人圭恰迪尼（Guicciardini）的一封信中如是介绍自己。他似乎从未写过悲剧，反倒是他的喜剧——《曼陀罗》和之后的《克莉齐娅》（*Clizia*）——不合常理地肩负了其历史悲剧的概念。因此他是一位文人，这正是马基雅维利喜欢给自己下的定义，因为他面向的是公众，读者或观众。

当我们要衡量戏剧在马基雅维利作品中所占的分量时，会发现他的所有作品都戏剧化了。在读罢《曼陀罗》后重读《君主论》，不仅能在里面找到隐藏事实、以假乱真和表象等主题，还会明白有一种强烈和蛮横的戏剧力量贯穿于整个文本。

此后我们若能将这个邪魔歪道的文本搬上舞台，全靠马基雅维利的安排，将角色赋予故事情节中的人物。如果想在文中寻找他政治信念的传声筒，那就错了。每个人物都各司其责，时而滑稽，时而残忍，而戏剧的真谛就在于台词针锋相对的张力。这大概就是为什么，马基雅维利增加了许多发话方式：有时他说"你"，有时他用"您"，以君主或读者的身份参与到对话中来。对话，正是如此——况且，传统的政治论作不都是以对话形式写的么？不过，这种对话将体裁和声音同时交替使用，突然改变语气，让笑声猛然闯入故事悲情之中——这种闯入，如果不考虑年代错位的话，我们常常称之为莎士比亚式闯入。

从这时起，人们便会产生怀疑。如果他是在开玩笑呢？在狄德罗与达朗贝尔的《百科全书》中，我们可以在"马基雅维利主义"的词条下读到这个奇特的注释："这就是他同代人的误读，他们误解了他的目的，错将讽刺当作赞扬。"总之，要在欢快的挑衅中察觉到他的精巧技艺，那真的是太难了。在《君主论》第八章中，当他似乎乐于在古代暴君西西里国王阿加托克雷（Agathocle）身上，或现代

74

暴君切萨雷·博尔贾的行为中，对"行善与作恶"做出区分时，或许他正沉浸于一幅讽刺画中而不能自拔，其气势如此之大，不得不通过荒唐来展示。

在1515年1月31日给弗朗切斯科·韦托里的信中，他写道：

> 我尊敬的同道，看到我们书信的人，注意到其多变的人，可能会非常震惊，因为乍一看我们似乎都是严肃之人，全身心忙于重大事务，并且从我们头脑中只会闪出正派与高尚的思想。然而，翻到下一页，读者就会发现我们举止轻佻，见异思迁，言语调侃，忙于无聊之事。或许这种做法在某些人看来是可耻的，但在我看来却值得称颂，因为我们在效仿自然，而自然是多变的。

"多变"（varietas）是中心词。我们应当与众不同，性情多样，无拘无束，也就是说忧郁与欢快并驾齐驱，以免对生活这个职业心灰意冷。

18

爱情生活

　　然而我全然失职了：我没有向您介绍他的爱情生活。马基雅维利经常谈论此事，直截了当，言语中夹杂着令人无法动怒的温存与放浪。父亲去世后不久，他迎娶了将伴随他一生的妻子。那是 1501 年夏天，她的名字叫玛丽埃塔·科尔西尼（Marietta Corsini），出身于一个颇有声望但家境破落的家庭。他偶尔给她写写信，但在她看来并不算多，尤其是佛罗伦萨共和国的公务要求他不断地出使。"恳切希望您给我写信再频繁一点，因为自您离家后，我只收到三封信"（1503 年 11 月玛丽埃塔写给尼可罗·马基雅维利的信，这是我们保存下来的她的唯一一封亲笔信）。她接着又说："宝宝现在很好，与您长得很像。他的面目清秀如

雪，但脑袋宛若黑色丝绒，像您一般毛发旺盛。正因为他
与您很像，我觉得他很漂亮。"

玛丽埃塔信中提到的是他们五个孩子中的长子。他取
名贝尔纳多，即尼可罗父亲的名字。马基雅维利一直给他
儿子和他的兄弟姐妹寄去关切的信函，直至去世。大概他
希望在妻子身旁营造一个人丁兴旺、幸福美满的大家庭的
气氛。正因如此，我们也没必要相信他1525年写在《克莉
齐娅》序言中的话，这部剧上演的是一个年迈男人与多少
有些轻浮的姑娘们之间的爱情故事：

> 我还得对您说，这出喜剧的作者是一个品行
> 正派的男人，当您观赏这出剧时若发现什么粗俗
> 不雅的东西，作者会很不开心。

事实上，此前十年，他曾经有过一次激情的爱恋，似
乎让他在流亡与政治的消沉中获得些许慰藉。

他在给友人的一封信中写道：

您只需知道，年逾半百不会使我痛苦，最为崎岖的小径不会使我气馁，夜晚的黑暗也不会使我恐惧。一切于我似乎都很容易……我八成是陷入了巨大的痛苦，但在这痛苦中我却感受到那么多温存。我从这面孔中汲取了如此多的芳香与甜美，赶走了所有痛苦的记忆。无论发生什么，即便我可以这么做，我也绝对不会离开她。

口吻出人意料，特别是这与他在信中提到的征服女人时那种一贯的放荡不羁大相径庭。1509 年他有一次艳遇，我有些犹豫是否要在这里提及，因为那次艳遇是那么地难以启齿。他在维罗纳给他的好友路易吉·圭恰迪尼①写信，称那次艳遇是"绝望的发情"，竟然和一位其丑无比的老妓女厮混。

或许在这种令人难以忍受的描述中，他加进了些许揶揄文学的模糊元素，这是马基雅维利非常喜爱的做法。兽

① 路易吉·圭恰迪尼（Luigi Guicciardini, 1478—1551），马基雅维利密友弗朗西斯科·圭恰迪尼的兄长，1527 年佛罗伦萨的正义旗手。

性、畸形、冲动：所有叙述元素全部到位，喜怒哀乐五味俱全。揭露淫秽，本意是让留在场景外的东西变得清晰，但也是不祥之兆。显然，马基雅维利是个瘟神。如果说大家都很讨厌他，那是因为他有个口无遮拦的陋习。

19

命名的勇气

马基雅维利的朋友越来越少，书信往来也渐渐枯竭，而当我们日复一日跟踪他的生命轨迹时，就会发现在他政治活动的密集时期——即在1498至1512年这十五年间，他"从未睡过一个好觉，也没尽兴玩过一次"——他的生活开启了写作的节奏。其作品的年表还不甚明了，但有一件事倒是确信无疑：他在不停地写作，献身于所有体裁，轻巧地从其中一个跃到另一个。诗歌、戏剧、政论、道德哲学、历史：只要能行使这精准文字的艺术，便可来者不拒，在他看来，这也正是那个时代之恶所需要的文字。因为只有当词语和事物之间存在一种不确定的关系时，只有当不公正的政权致力于让政治语言失效时，对文学的需求才会显得更为迫切。借助书籍那平静而又庄严的力量，这不仅仅是为了对抗命运的险恶，更是想从书籍中汲取命名的勇气。

命名，此为何意？无疑是要指名，要找到准确的词，指涉事物本身真相的词，而不是人们针对事物的那个想法。如此一来，便要对语言进行锤炼——如今人们不都是在说"木头之言"（langue de bois，指打官腔）么？词典学家告诉我们，这个说法来自俄语中的"橡木之言"（langue de chêne），该词直到 1968 年后才进入法语，那时人们发现，政治语言突然变得陈腐不堪。官腔语言不仅语气凝重，喋喋不休，而且它的目的是掩盖表达事物时的无能或迟疑；它玩弄着那些空洞的词汇，精心地绕开应言之事。

因此，需要做的是重新一个个拣回所有被窃取和榨干的词汇，由于不断地被颠来倒去、胡乱使用，这些词汇就得重新加载，恢复它们自身密度的愉悦活力，我甚至想说要恢复它们的爆炸性。因此需要进行诗学锤炼和政治锤炼，二者密不可分。这便是马基雅维利为该时代语言所指定的工作。共通的语言：他拒绝新词，吝啬地使用拉丁语。当他在《君主论》中写下 stato（国家）这个词时——准确地说，他用了 116 次——那是为了灵活地玩弄它所有可能的含义（其他如政权、统治、领土、体制等），同时始终使其指定能力保持在警戒状态。

在这一点上，马基雅维利顺应他那个时代的外交用语，但不仅如此。他的意大利语既是国务厅官话，也是客栈的平民用语；既是高雅的诗歌语言，也是粗俗的玩笑用语。在一篇受到但丁启发的演说中，他捍卫了托斯卡纳方言的尊严，因为他自己也是一位但丁作品的热情读者。他不介意在一首名为《金驴记》（L'Âne d'or）的诙谐哲学诗中戏仿但丁的《神曲》。大约也是在 1510 年代这同一个十年内，他又在一篇短篇小说《贝尔法哥》（Belphégor）中模仿了薄伽丘的叙述脉络。

他是否真想与这些最伟大的意大利作家一比高低？读罢他的一封信件后，我们完全可以相信这一点。该信是写给一位名为阿里奥斯托①的友人的，即《疯狂的奥兰多》

---

① 卢多维科·阿里奥斯托（Ludovic Ariosto, 1474—1533），意大利文艺复兴时期的著名诗人，《疯狂的奥兰多》是其代表作。

（*Roland furieux*）的著名作者：

　　如果他在您身边，请把我推荐给他，说我唯
一不满的是，他列举了那么多诗人，却恰恰忽略
了 come un cazzo 的我，即我这个白痴。

　　我跟您说，这就是命名的勇气。谁说一位作家的职责
就该唤猫为猫？

20

站位的政治艺术

您希望达到自己想要的目标么？那就像个娴熟的弓箭手那样做吧。他将准心瞄在比靶更高的地方，并不是为了越过靶子，而是为了中靶。换句话说，瞄得略高是为了瞄得更准。这个隐喻取自古典修辞学；马基雅维利使用它是为了证明，在他的政治论著中，尤其是在《君主论》中，他所布置的那些显赫人物的"伟大范例"，将成为行动的指南。在政治语言和教育语言上，或仅仅是在指导自身生活的方式上，我们都应当一直牢记这个教诲：为自己选择高位的典范并不是高估自己的能力，相反，是想"知道自己弓箭的力量可达何处"。马基雅维利如是写道。

弓手与画家共通，都须掌握这个站位的艺术。找到好的角度，如有必要则稍作错位，侧走一步；不得逆向，要直面主题。这个艺术具有政治性，绝对具有政治性，这大概就是为什么马基雅维利常常暗示这门艺术，尤其是在《君主论》献词的那个激动人心的段落中：

> 正如那些描绘风景的人，为了考察山脉和高地的真实面目，他们便置身于低矮的平原，而要考察低地，则又置身于山脉的高处。同理，要更好地认识人民的本质，就应当成为君主，而要更好地认识君主的本质，就应当自作臣民。

正如那些人：没错，是个比较。但与谁比较？"那些描绘风景的人"可以是地图绘制者，也可以是画家。达·芬奇身兼这两个身份，他试图通过绘画这一执着的实践，使世界的节奏重新协调起来。让时代的品质清晰可见：在这一点上，达·芬奇和马基雅维利是同代人。这不仅是因为在 1502 至 1504 年间，他们极有可能相遇——就在罗马涅的切萨雷·博尔贾身旁，在佛罗伦萨的领主宫，或在托斯卡纳某处，在阿诺河改道的工地上，与治水大师们在一起。

那里，就在治河的下方，那是设想治理艺术的绝佳位置。那里或许存在着一门治国平天下的科学，君主和向其献策的人们都得掌握。他们了解人民的本质，也就是说，他们从高处观察赋予人民活力的社会热情。而他们从高地看不见的，那是他们政权的现实。因此他们总是任由权势蒙蔽自己的双眼。相反，最了解权势的人，便是承受权势的人。马基雅维利乐于向被统治者传授的，就是对他们进行统治的学问。这个学问对愿意分享该学问的人们来说极具解放性。他在《论蒂托·李维著〈罗马史〉前十卷》中这样写道："人民知道是什么在压迫他们。"

这是本什么样的书？关于不睦的政治学问又是如何构成的？这将是我们今后试图弄懂的事情。不过，我们还是要好好领悟这个与政治认识相关的绘画隐喻的重大意义。它并没有使我们远离马基雅维利作为文人、作家和艺术家的形象；恰恰相反，它将我们带到其形象面前。因为这个隐喻使我们想起，为使事物本身的真相得见天日，就得有某种方法把它创造出来。

第五编

分歧的共和国

21

何谓共和国?

这是一个宫殿荫覆的小花园。人们来这里纳凉,置身于古代雕塑和幽香树木下,来自远方的树种让人联想到广阔无垠的世界。人们在这里谈论文学与政治,以期消除一丝丝文雅对话的劳累——或许还能为未来做些准备。这些人是谁? 某些出身高贵的佛罗伦萨人,他们聚集在科西莫·鲁切拉伊(Cosimo Ruccellai)身边,他是这里的主人,这个地方在拉丁语中被称作奥里切拉里(Oricellari),即鲁切拉伊花园。

我是否与您说过,马基雅维利是位高明的说客? 他也确实是。自1517年开始,前来聆听他对罗马共和国高谈阔论的人络绎不绝。在本纪元的第一个世纪,蒂托·李维在其鸿篇巨制《罗马史》中讲述了罗马共和国的起源。人们不曾想到，马基雅维利会对这位杰出的古代史学家做出如此条理清晰的评注，如同学校的习题一般。他评论蒂托·李维，是想从中找到行动的规则。他想自由自在地用过去的智慧来修正当下的现状。

在那里，马基雅维利重启他很可能已经开工的工程，即在撰写《君主论》之前就已经着手的著作。《论蒂托·李维著〈罗马史〉前十卷》，这便是标题。这本未完成之作直至 1532 年才得以出版，即尼可罗·马基雅维利去世五年之后。这是《君主论》共和思想的配饰么？在某种程度上是的：两部作品交相呼应。三个长短不一的部分，一席东拉西扯、支离破碎的话语，《论李维》看起来内容繁杂，缺乏连贯，但《君主论》却洗练、刻薄、紧凑。前者的出版者费了好大劲才将这堆杂乱无章的内容收集起来，它看起来像是被历史打乱了，或者更确切地说，是被马基雅维利的全身气力打乱了，他希望从中汲取一门关于解放的实用艺术。

当然，我们能够从《论李维》中看到关于共和政体的出色论述。但是说到底，相比于机构运行，重点还是放在"人民主权"这个概念上。承认其合法性——这是任何共和国的基础——就是承诺遵行人类本质的政治人类学。马基雅维利所追求的正是这个学说。

第一卷的第五十八章名为"民众比君主更明智更稳定"。其中我们读到：

> 将人民的心声比作上帝的心声，这不无道理。因为我们看到，普适的意见能完美地预测未来；因此，它似乎能够经由某种玄妙的功效去预见善与恶。

这就是共和信仰的首要信条。然而在接下来的部分，马基雅维利又不断地削弱这个信仰：有许多历史事例证明，人民经常会弄错——更确切地说，有人用最无耻的谎言欺骗他们。第四十七章的基本主张正是由此而来：

> 人们容易在普遍评判中搞错，却不会在细节

上犯错。

何谓人民？就是一种意见。这种意见有根据么？不一定，它大多数情况下是错误的。为何如此？因为人民只能从远处看待事物。何谓一个共和国？即关注这种意见的政体，哪怕它只是情绪与偏见。怎样才能继续做共和主义者？容许人民靠近政权的现实，让他们近距离地观察，而不再任由自己被普遍思想所欺骗。

22

不和之赞

最后还得请你们理智一点，我已经向你们重复多次。从斯多葛主义者到人文主义者，从塞涅卡到彼特拉克，所有道德主义者都这样说过：民众是一只喋喋不休、愚昧无知的怪物。人民怎么能够自我治理呢？

民众可以自我治理，马基雅维利在《论蒂托·李维著〈罗马史〉前十卷》中答道，因为不管民众多么无知，他们还是能够辨别真理。他们知道自己想要什么，或者更准确地说，他们知道自己不想要什么：任人统治。知道这一点，民众便能走向真理，明白统治的真理。

这个思想在《君主论》第九章中已初现端倪。其中可以读到这段话：

在任何城邦中，存在两种不同的性情；一种
来自人民，他们不愿受强者指使和压迫；而另一
种则来自强者，他们希望能指使和压迫人民。

两种性情，就是如今我们所说的两种社会向往。但马
基雅维利恰恰用了"性情"这个词，他使用的是来自希波
克拉底①医学的隐喻。

在这种医学看来，身体的健康有赖于流动体液的平衡，
而医生所关注的正是这种平衡。政治艺术就像医学，这是
一种具有独特性的科学，要的是作出一个诊断。而马基雅
维利的诊断蕴含在《论蒂托·李维著〈罗马史〉前十卷》
中：社会机体的健康来自其性情的平衡，也就是说并非源
于一种否认动乱的政治秩序，而是来自对社会混乱的有效
组织。换句话说，共和国建立于分歧之上，它是一种安
排——平衡的安排，对不和的安排。

_____

① 希波克拉底（公元前 460—前 370），古希腊伯利克里时代著名医师，在西方享有
  盛誉。为了将医学从神学和哲学中解放出来，希波克拉底积极探索人的肌体特
  征，提出了著名的"体液学说"。

更有甚之——我想说，还有更加令人不安和骇人听闻的东西。你们以为良好的法律来自有德行的立法者么？你们也还是理想主义者。不对，公正的法律源自对这种原始社会冲突的正确使用。马基雅维利写道，"所有有利于自由的法律"，都是这两种性情"对抗的产物"。当他断言罗马的伟大孕育于平民与元老院之间的断层时，他再次成为一个不可救药的怂恿者。他知道佛罗伦萨人厌恶争执，畏惧纷乱，但他也知道，古人的智慧就是能够组织冲突，指挥分歧。

这便是政治。要做的就是让人民安分守己。因为自由的生活，真正自由的生活，是由法律来主宰的——也就是说由一个大家认可的强制性标准来控制。然而，对公众精神最有害的事，就是"制定一部法律却不遵守它；更有甚者，连颁布它的人都不遵守它"，马基雅维利如是写道。

可别认为《论李维》的作者让统治者和被统治者水火不容。仍然在第一卷那著名的第五十八章中，我们读到：

群众的残酷针对那些他们担心会夺取公共财

97

物的人，君主的残酷则针对那些他担心会夺取他

私人财物的人。

接受两种性情之间的对称原则，这已然是站在人民的

角度上，将对公平的热爱看作其行动的动力。这一回，马

基雅维利是否也变成了理想主义者？恰恰相反，他逐渐靠

近危险地带，即历史上的暴力区域。

23

我们被解除武装

如果您愿意的话，让我们重新回到花园，鲁切拉伊的花园，马基雅维利在那里与雄心勃勃的佛罗伦萨爱国志士谈论着古代文学和现代政治。我们的作者正是将《兵法》（*L'Art de la guerre*）里虚构的对话定位在这个花园中。他让一名雇佣军首领和一位贵族面对面探讨古罗马军团的组织编队，谈论是否有必要根据该模式，对当代战争进行一场深刻的改革。这部论著是马基雅维利生前唯一出版的书，发表于1521年。它既有考古性（其中对古人的战略思想进行了旁征博引的论述），也有技术性（内含调遣军队的战术图解），更有其政治性。

因为马基雅维利确信，武器问题对于行使国家权力至关重要。国家首先得由这个根本选择来定义，所有其他的选择将由此而生：哪些居民需要武装，哪些居民要解除武装？用今天的话来说：怎样分配正当暴力的使用权？

这一点上，他信念已就，而且由来已久。该信念在《君主论》中已经笼统地提出：

> 意大利覆灭的唯一原因，完全在于她多年来完全依赖雇佣军。

时事英雄，白手起家，无所不作，这些战争的进行者受雇作战，甚至受雇去避免作战。在意大利，人们称之为签约兵，因为他们与各国签订了一种契约（condotta）。而一旦他们遇到出价更高的雇主，就会背叛原雇佣国，为新主子效力。

这样一种描述或许有些夸张，因为 15 世纪时，意大利各国成功地以纪律约束了这些签约军团。然而面对强大君主国的常备国民军，这些军团没有什么分量。尤其是这些军队违背了马基雅维利不断强调的一条政治原则：

最好的军队是由武装起来的居民组成的军队。

这就是他毕生的战斗，绝不空谈理论。1509 年，他曾在佛罗伦萨招募了一支平民军，直至去世，他都一直在试图保障这支军队的军事效率和政治效率。

他是否在效仿强悍英勇的古罗马军团呢？或许是的，对他而言，现代军队就是古人的军队。不过，马基雅维利也想到参照当代范例，因为它们是"唯独保留着些许古代民兵队影子的军队"，而瑞士人是"现代战争的主人"。确实，在 1510 年间，瑞士军队是意大利政治局势的仲裁者。但马基雅维利最为欣赏的，是这些农民士兵的政治凝聚力，他们要捍卫各邦的自由。

诽谤他的人们嘲笑他是个闭门造车的谋士，不知火炮的威力，幻想出一个古代并妄图恢复其严厉。他们错了。马基雅维利是第一位倡导肮脏战的理论家，主张由支持者参与的战争，既有政治性又有其残暴性。在这种战争中，军事战役应当"短小而壮实"——我们可以理解为战事迅速但兵力雄厚。他所设想的战斗不会是别的,只有军力的阵阵碰撞。他的思想完全是务实的,然而当他将暴力置于政治选择的中心时,便再次使其成为最棘手的思想。我们真想退避三舍。可我们办得到么?

24

政治中的暴力

《兵法》结尾有一段讽刺而残酷的点评：

> 我们的意大利君主认为，他们只需在自己的
> 幕室里构想一个精彩的答案，撰写一封优美的函
> 件，在言语中显示出干练与妥帖，懂得出谋划策，
> 穿金戴银，珍宝环绕，比他人多寝多食就足够
> 了……

所有这些都是为了躲避命运的无常。可怜的人儿，他
们没有看到即将来临的灾祸——"巨大的恐惧、突然的溃
逃和骇人的灾祸"。

因此，一切都说得明明白白：若说有过什么意大利文艺复兴——用如今常用的粗话来说，即一种对文化财产的过度投资，那是因为君主们认为，他们在其中耗费精力不是为了在关乎强权的小事上获得消遣，而是为了更加有效地运用强权。换句话说，美化强权是捍卫强权的一种方式，通过包裹一层谄媚的智慧和富丽的事物来保护自己。

这个想法倒是温馨和令人舒畅。但它只能取悦我们，然后在提醒我们重返秩序的马基雅维利式大笑中土崩瓦解。《君主论》中这样写道，明智的执政者"不能有其他的目标或思想，而只能有战争、战争的机构与科学"。那么什么是和平呢？马基雅维利答道：强大的暴力，这种暴力强大到无需实施，只需展示它暗含的威胁作用就足够了，有效到模模糊糊、不明不白、含糊不清。

国家的这个隐藏暴力会在特别情况下显露身手，即发生政变的时候。《论蒂托·李维著〈罗马史〉前十卷》中有一篇单独发行的论述，其中的一小部分提到了这一点。马基雅维利手持一块布满历史范例的大调色板，首先展示出对君主来说最为危险的东西，那就是亲信的阴谋：

一位君主若想防范阴谋，应该更多地提防他所宠信之人，而不是他过分欺凌之人。

总之他表示，阴谋往往注定要失败，它对于肇事者尤为危险，于是它成了一种徒劳无益的政治斗争形式。

政变使国家强大。但是——请听我好好说，或更确切地说，好好听马基雅维利说；他总是比正在出棋的对手先行一步——国家在变得强大时，它同时也衰败下来。马基雅维利在《佛罗伦萨史》中这样描写道：

因此，受到这种阴谋围攻的君主，如果他没有被杀——极少发生的事——将获得更大的权势，他原先的善良往往会转变为暴戾。阴谋在其身上引发恐惧，恐惧催生变强的欲望，欲望产生采取暴力的需要，然后会产生仇恨，这往往会导致他的垮台。因此，这些阴谋便立刻脱离原主，尔后随着时间的推移逐步危害它们的目标。

对这位不漠视悖论品位的思想家来说，这是最终的转折么？还要比这深刻得多：政变揭露了国家的秘密，国家的秘密就是构建国家的暴力，这种暴力保留在政府的运行之中，而一旦展示出来，它就会逐步削弱。暴力只有非定型时才有威力。依马基雅维利之见，又是一条理由让我们说：国王没穿衣服。

25

不可不择手段

这是一个杀害胞弟的人的故事。他残忍地杀害了弟弟，因为他不愿与其分享权力。他独自一人建立起一座城市，而这座城市成为史上最大帝国的首都。这座城市就是罗马，凶手叫作罗慕路斯（Romulus），而他的孪生兄弟雷穆斯（Rémus）和他一样也是一头母狼喂养长大的，却成为这场创始罪（crime fondateur）的牺牲品。您是知道这个故事的，但我们讲这个故事作何用处呢？我们怎能接受这个想法，即一个国家的伟大非要以原始杀戮的鲜血为代价呢？

根据罗马传统及之后的基督教传统，对手足相残的诠释分为两个分支。一种（尤其因蒂托·李维而闻名）极力弱化罪行；相反，另一个则好夸大其词。西塞罗就是后者的一例，他将该罪行视作所有内战的模板，而在奥古斯丁这样的基督教作家笔下，这个模板成为任一政治结构的原罪。

那马基雅维利呢？按照他的习惯，他会直面棘手的问题，从不拐弯抹角，因为这个问题就是法定的创始暴力问题。在《论蒂托·李维著〈罗马史〉前十卷》中，他针对这两种传统提出了反驳。他是这么说的：

> 许多人都认为，像罗慕路斯这样的共和国创
> 始者杀害自己的胞弟，是个不好的范例。

然而若说罗慕路斯是暴戾的，那是"为了和解"，而非"为了毁灭"，他想要的"不是于己有用，而是为了公众利益；不是有利于自己的继位，而是对祖国有益"。因此，必须接受如下建议："我们应该形成共识，事件指责他，结果原谅他。"

您听见了么？他最终还是说了！不过，您很清楚，这句名言对于反马基雅维利主义的人来说，概括了他卑鄙的

学说："事件"谴责罗慕路斯，而"结果"又原谅他，这就等于承认可以不择手段。在现实中事情要微妙得多。马基雅维利是用先将来时写的：罗马的建立宽谅了罗慕路斯的罪行，这个原谅是在事后。罗慕路斯本来无权杀害他的兄弟，而一旦证实其行为的结果是有益的，他就有权这样做了。这意味着国家在以法定地位成立之时，并不具有法定地位——它恰恰位于武力与法律之间的模糊门槛上，具有法律力量的东西只能在法律之外获得本源，处于原始暴力的例外之中。因此，我们可以在谴责创始者暴力的同时，也认可其创始的权威。

尽管如此，这也不能说明结果可以为手段辩解，即不择手段。马基雅维利从来没有，也绝对不会写出这句话。他的需求哲学建立在时代的不明确性和政治行动的无法预料性原则之上：我们无法通过手段来论证结果，因为在我们行动的那一刻，结果尚不明了；结果总是姗姗来迟，无法为行动手段辩解。治理，就是在时代那不确定的盲目中行动。这个教训是很可怕的，因此雷穆斯被罗慕路斯杀害这个创始凶案，人们至今还记忆犹新。

第六编

为时不晚

26

书写历史

　　1519 年 5 月 4 日，二十七岁的洛伦佐·德·美第奇去世。他短暂的一生主要用来令许多寄予他政治厚望的人们失望。马基雅维利将《君主论》献给他，然而徒劳无益。他不在了：可以行动了。教皇利奥十世派遣他的堂弟红衣主教朱利奥·德·美第奇（Le cardinal Jules de Médicis）夺取市府的治理权。仍然是一个美第奇家的人，但让他管事，大家也许会相安无事。

　　马基雅维利跟在权贵后面死追烂缠，最终功夫不负有心人。次年，即 1520 年，佛罗伦萨学院（Académie florentine）的院士们委托这个前流放者编写一部佛罗伦萨史。时间两年，用拉丁语或通俗语均可，由他自选，报酬是五十七个弗罗林金币①，一分不多。爱干不干，悉听尊便。

他接受了。于是便有了公职史学家马基雅维利，负责撰写一座城市的编年史，或者更确切地说，是控制这座城市的美第奇家族的编年史。他是否已经准备好不顾一切地重返政治游戏了？甚至不惜变成共和国摧毁者的奉承者？当然不是：他自有妙招。

他在 1521 年 5 月 17 日给好友圭恰迪尼的信中写道：

> 这段时日，我从不说我在想什么，也从不想我说什么，若偶尔道出真理，我也会将其隐藏在众多谎言之中，让其难以被人发现。

他最终花了四年时间，用意大利语完成了这部《佛罗伦萨史》，然而，如何才能探清它的真相？这不仅仅是一次口是心非的练习，更是一种诋毁所处时代之伟大品质的写作方式。对于马基雅维利来说，书写历史就是善于表现恶

---

① 13 世纪初诞生于佛罗伦萨，后为欧洲多国仿效。

心之事。当然对其资助者来说尤其恶心，而对那些指望他揭示劣行之人来说也很恶心。他叙述的主要动力就是去幼稚化（déniaisement）：史学家既不颂扬伟人，也不称道漂亮原则；他既不进行长篇累牍的道德说教，也不会堕落为阿谀奉承之徒。

绝不。对于马基雅维利来说，书写历史需要他描绘的是其城市在政治演变中的冲突力量、争执力量和敌对力量。书中最有名的片段讲的是梳毛工起义（La révolte des Ciompi）。该事件发生在 1378 年的夏天，在此期间，市羊毛工厂最贫苦的工人夺取了政权。这个事件在有产者心里造成了极大的恐慌，以至于一百五十年后，他们仍心有余悸。

然而，马基雅维利直面这种巨大的恐惧，将发言权交给一个鼓吹政治暴力的起义者：

> 我们似乎正在走向确定的胜利，因为那些能够对抗我们的人，虽然富有但如一盘散沙。他们的不团结给予我们获胜的机会，而他们的财富到

115

了我们手里，将被我们妥善保存。你们无须害怕他们用来反对我们的古老血统，因为所有人类都有同一个出身，也同样古老，大自然用同样的方式塑造他们。若所有人脱光衣服，你们就会看到，我们都一样；给我们穿上他们的衣服，让他们穿上我们的衣服，我们定会显得高贵，而他们就不再高贵了。

很长时间里，人们一直将这个段落视为一则宣言，一场颠覆性论战，暴动的工人在这里似乎就是马基雅维利的代言人。然而书写历史并不是自作腹语者将好听话交给往昔人物去说。在这里，书写历史是要给梳毛工和美第奇家族以同样的尊严，就是要让人们听到默默无声者的话，就是审慎而简洁地说：此事曾经发生，这是可能的事情。

27

为时已晚?

他回来了。或者更确切地说,他脱颖而出。1520 年 5 月 17 日,他的显贵朋友菲利普·斯特罗茨(Filippo Strozzi)写信给其兄弟洛伦佐,即《兵法》一书的敬献对象:

> 我很欣慰,您已成功地将马基雅维利带进美第奇家族,因为只要他能取得我们主子的些许信任,便能成为一个脱颖而出之人。

马基雅维利能追赶上逝去的时间么?八年的流放与写作之后,他一下重新走上政治行动的道路。先从一些微不足道的任务做起，得到人家恰如其分的信任。他到卢卡（Lucques）处理某个商贸业务，或到卡尔皮（Carpi）与托斯卡纳兄弟会（le chapitre des Frères mineurs de Toscane）进行谈判。接着，1523 年 11 月，红衣主教朱利奥·德·美第奇，即马基雅维利《佛罗伦萨史》的敬献对象，成为教皇克莱门特七世（Clément VII）。于是马基雅维利的活动半径随即扩大：他今后出使的地区变成了罗马和威尼斯。

但与此同时，正是意大利的事务开启了一个新的维度。意大利战争已进入第二阶段，确切地说是欧洲阶段：两个有志于征服世界的伟大君主之间的交锋对决，一方是法国国王弗朗西斯一世，另一方是查理五世，哈布斯堡王朝君主，他是勃艮第公国和那不勒斯王国的继承人，也是西班牙国王和罗马人的皇帝。1525 年 2 月 24 日，查理五世在帕维亚（Pavie）大败弗朗西斯一世，彼时在德国，受到路德改革影响的农民们正揭竿而起。

此后，历史将在大起大落中展开。这些个小小的意大利公国怎样才能做到不随波逐流？命运就如汛期中的一条河流。1526 年 6 月，马基雅维利加入了伦巴第阵营，那里聚集着对抗帝国的科尼亚克联盟（La ligue de Cognac）军队。这个联盟将威尼斯、佛罗伦萨、米兰、弗朗西斯一世和教皇集合起来。马基雅维利与军旅生活建立起友好关系：他认识了年轻有为的签约兵首领黑条乔凡尼（Jean des Bandes Noires），又与他的朋友教皇军队少将弗朗西斯科·圭恰迪尼（Francesco Guicciardini）重逢，法国人称之为圭恰丹（Guichardin）。

他与圭恰丹保持密切的书信往来已经好多年。圭恰丹曾经给马基雅维利写信说："谁都比不上您，您总是能够远离公共舆论，创造出新奇出格的事物。"是否为时已晚？对于行动来说，或许是：从此以后，马基雅维利对共和国，还有意大利人面对帝国军队时的武装能力，都已经失望到底。然而洞察时代、预见灾难，可从不嫌迟，组织反击从不嫌迟，潜心交谊之策从不嫌迟。

什么是历史，它是否可以倒转？圭恰丹以他擅长的动人语气和玩笑方式写信给他的朋友说：

　　　　我亲爱的马基雅维利，我由衷地认为，只有

人们的面孔和事物的外观会改变，而那些同样的东西还会回来。而且我们正在观摩那些以前发生过的事件，不过姓名与事物外观如此变换，只有学者们才有能力辨认出它们。因此历史便具有实用和有益的价值，因为它能向你介绍，并让你认出你从未见过或从不知晓的东西。

28

1527 年，世界的终结

　　这是一场没有图像的屠杀，一次惨绝人寰、永无休止的洗劫，重创了整个基督教世界，其中帝国军队指挥官查理·波旁（Charles de Bourbon）于 1527 年 5 月 6 日攻占罗马，却刻意不留下任何图像。如今人们很难想象，罗马惨遭洗劫这个消息给欧洲带来的冲击。除却路德派德意志雇佣兵的愤恨，又如何解释这样一次暴行？这正是查理五世身边的人着急告知他的事。于是，在马德里，阿方索·德·巴尔德斯（Alfonso de Valdès）唱响了一座朽败之城的安魂曲："洗劫所引发的每一种恐惧，都是精准的、必要的、符合天意的惩罚，这是对玷污罗马的某种耻辱的惩罚。"

于是在 1527 年，幻灭的现代欧洲向罗马这个仰天而卧的庞大尸体鞠躬哀悼。5 月 12 日，罗马遭劫的消息传到佛罗伦萨。冲击波如此之大，以至于它加速了美第奇政体的垮台。四日后，一场民众起义要求恢复大议会。共和国在佛罗伦萨得到恢复，这是马基雅维利曾经满腔热忱去捍卫的那个共和国，但也是他耐心地学着不再喜欢的那个共和国。又到了他出山的时候了么？不，这一次，是真的为时已晚。显而易见，尼可罗·马基雅维利自我推荐，但是新政体更偏爱美第奇家族先前的一位时刻效忠的忠臣，而不想信任这个曾经对共和理想表现不忠的人。事情就是这样：人们总是记恨背叛，不求明智。

于是一切完了，而马基雅维利也明白这一点。或许他长期以来就一直在筹备着死亡。他十三岁的儿子皮耶罗于 1527 年 6 月 21 日写信给他叔父说：

最亲爱的弗朗切斯科，我泪难自抑地告知您，本月 21 日，我们的父亲尼可罗，他去世了。他死于 20 日服用的某种药物引起的腹痛。去世前马泰奥修士（frère Matteo）一直陪伴在旁，父亲曾希望向他忏悔自己的罪孽。

忏悔他的罪孽？这可不是后世留存下来的记忆。很快就有人描述说，马基雅维利去世前做过一个梦。他看见一群人凄惨可怜、衣衫褴褛，来到他的跟前。另一边，另一群人走上前来，高贵又庄重。他询问第一群人的姓名：我们是前往天堂的圣徒。而第二群人则声称：我们是被判下地狱的罪人。可不是嘛，这些人他都认识，他们中间有所有古代的伟大圣贤，即曾经慷慨大方地与他交谈的人。与他们在一起，可以继续谈论政治。何苦要与穷鬼们为伴，自寻乏味呢？毫无疑问，马基雅维利心意已决：他要跟随伟人们下地狱。

这则轶事后来被反马基雅维利主义者广泛运用，也很可能确有其事。马基雅维利去世时友人在旁，他作为鄙弃宗教的寻衅者，为自己的反抗添上了最后一笔。卢克莱修去世前作过忏悔，那么这位卢克莱修的读者到底对宗教有何种情感呢？我们不得而知。但我们知道的是那天他要给

123

世人留下的形象，那是 1527 年，基督教世界正处于翻天覆地之中。有他没他，历史照样继续前进，也可以逆他而去。一个充满幽灵的故事，一段背叛的历史。

29

幽灵的解剖

"任何赞词都配不上一个如此伟大的名字。"这就是人们用拉丁语刻在马基雅维利石棺上的墓志铭，棺材摆放在佛罗伦萨的圣十字大教堂中，费用来自 1787 年的一次公共募捐。去世次日，即 1527 年 6 月 22 日，他被埋葬在那里。然而一位作家的身体，首先是其作品的书面语料。正是他，尽管有人愤慨，也不断引发丑闻，在去世后仍然萦绕着我们的政治现代性。

1531 年 8 月，教皇克莱门特七世特许罗马印刷商安东尼奥·布拉多出版马基雅维利的作品：《君主论》、三卷本《论蒂托·李维著〈罗马史〉前十卷》。在佛罗伦萨，尤其是在威尼斯，即当时欧洲的印刷中心，各种版本竞相上市。

出版物问世的节奏以及这些廉价书籍的版式表明，书卖得不错；英国红衣主教雷金纳德·波尔（Reginald Pole）称之为"鬼斧神工"之作。

而随着时代的变迁，马基雅维利作品的传播很快遭遇了反宗教改革运动的严苛对待。耶稣会会士在意大利组织了一场真正的反马基雅维利战役，导致《君主论》作者于1559年被列入《禁书目录》（*L'Index librorum prohibitorum*）。《禁书目录》是一个关于有害书籍的目录，阅读这些书被认为是一种死罪——这个目录会一直由梵蒂冈禁书审定院（Congrégation de l'Index du Vatican）定期更新，直至1961年为止。理论上，它甚至不准从被禁书目中引用语录。在西班牙，数年前《君主论》的翻译就已经蓬勃发展，而教皇的审查阻止了译本的传播。相反，在法国，译本的传播又再次兴起：在反对宗教战争的背景下，凯瑟琳·德·美第奇（Catherine de Médicis）大力推崇雅克·古奥里（Jacques Gohory）的《君主论》译本，以至于胡格诺派轻而易举便能揭发她的马基雅维利式统治。

而当马基雅维利的名字变形为"主义"时——"马基

雅维利主义"成为那些圣贤诋毁某些政策的至高侮辱——马基雅维利的思想仍旧得以传播，只是要假借他名改头换面。当一位16或17世纪的作家装作参考塔西佗时，参照的往往是马基雅维利，不啻某种暗送秋波。这是面具的花招，抑或骗人的把戏？

甚至在他生前，似乎马基雅维利就开始消失了，或者更确切地说，开始散播了。1523年，他曾不太愉快地意外得知，在那不勒斯，有一位值得尊敬的亚里士多德学派哲学家，名叫阿戈斯蒂诺·尼福（Agostino Nifo），他以自己的名字传播一本盗版的《君主论》拉丁语译本。盗窃马基雅维利的作品还嫌不够，他还彻底改头换面用此书去歌颂君主制。在他去世后，这部作品继续着它的缓慢传播，如同一片乌云，无影无踪地飘向远方。

要我说这是一个幽灵，一个游荡的幽灵。我们无法摆脱他。伴随他，跟随他，反对他，逆他而去。但是从来不能没有他。

30

艰难时世的哲思

时值 1795 年，马克·安东尼·朱利安（Marc-Antoine Jullien）在阅读马基雅维利。这是一位国民公会成员，是罗伯斯庇尔的好友，在热月政变后被捕入狱。他反复思考自己的失败已经一年有余。他在给一位朋友的信中写道："读读神圣的马基雅维利，你将会从中找到我们革命的理论，看到那些促进革命和被革命吞没之人的犯错历史。"

到了 1864 年，毛里斯·若利（Maurice Joly）再读马基雅维利。由于他对拿破仑三世的独裁帝国颇感失望，便写下了《马基雅维利与孟德斯鸠在地狱的对话》（*Dialogue aux enfers entre Machiavel et Montesquieu*）。前者用其不容置疑的逻辑对后者进行了非难。他以敌人的立场发声。孟德斯鸠是民主主义者，但他失败了。面对马基雅维利，启蒙运动的哲学家成了一位过往之人。

再到 1933 年，安东尼奥·葛兰西（Antonio Gramsci）又读马基雅维利。他是位哲学家，是意大利共产党创始成员。他被判入狱，一名法西斯检察官就其诉讼案做出如下判决："我们要阻止这个头脑运转二十年。"葛兰西想要知道失败的原因，不仅仅是共和主义的失败，还有"为创建民族和人民集体意志所做的所有尝试的失败"。很久以后，到了 1972 年，哲学家路易·阿尔都塞（Louis Althusser）这般评论道："如果马基雅维利要与葛兰西对话，那不应该在过去，而应该在当下，最好是在将来。"

如今到了 2017 年，我们还在读马基雅维利。正如所有前人一样，我们在未来中阅读他。所有前人，是啊，而且不仅仅是朱利安、若利和葛兰西。因为当最后这位葛兰西阅读马基雅维利时，是想将马基雅维利从以他之名进行的迫害中拯救出来。

所有人都在阅读马基雅维利，败者在读胜者也在读——就连西尔维奥·贝卢斯科尼也曾冒险为《君主论》作序。那么，为何要偏向那些阅读马基雅维利只为规避灾难的人呢？是否出于缅怀这位先人之痛苦命运的考虑呢？不仅仅是为这。因为我们都知道，当马基雅维利的名字出现时，那必然是暴风雨轰鸣之时。他预告风暴即将来临，并不是为了预防风暴，而是要教会我们在艰难时世进行思索。

自从1527年他去世后，曾有过许多的马基雅维利时刻，这期间，他的思想再次突然变得具有现实意义。说到马基雅维利时刻，应该理解为这种时代的不确定性，即一位理想的共和主义者面对自身的无能、词语的陈旧和表达的晦暗，面对人们如今所说的民主疲劳。

雷蒙·阿隆（Raymond Aron）于1945年写道："每当恺撒们使欧洲陷入奴役和战争时，针对马基雅维利主义的争论便会重新燃起。"我们到了这个地步么？或许没有，或者说尚且没有。如果说历史踏着马基雅维利式的连续时刻的节奏，那么这个时刻有时强烈，有时低迷，有时更荫蔽，有时更刻薄，也更令人晕头转向。低迷时刻并非总是危险程度最低，正是此时，普遍的麻木不仁会引发威胁。马基雅维利是一位唤醒者，因为他是一个作家。他写作是为了用笔抚平伤口。他写作不是为了重现词汇的光辉，而是要揭示事物的真相。

应时尾声

2016年夏天，尼斯市英国人漫步大道遭遇恐怖袭击，整个法国淹没在一片悲伤、愤怒和惊愕之中。一年过去，伤害众人的那个伤口依然还在，提及此事仍会引发阵阵剧痛。我们总是可以说话的，但也不应忘记，该说的可以大张旗鼓，不该说的需要保持沉默。

历史就是一门缓解不顺之事的艺术。这倒不是出于安慰，恰恰相反，是为了将讨厌之事摆到桌面上。我称这些讨厌之事为马基雅维利式问题。例如这样的问题：在他那个时代没人愿意听的话，怎样做才能重新让人去听取？还有，人们是否知道长期晕厥的后果？这种晕厥会在夏季大出行前夜麻木众人的心灵，而且还没有足够的时间来驱散它，也没有时间充分讨论和辩论。我们总是处于这样的境地，任凭未说之物隐藏于某个昏暗之地，昏暗得让人不可期及，以其不可预料的突然出现威胁着每一个人。

那么像马基雅维利这样的政治谋略高手，对我们有何等意义呢？如果他只是个狡猾和肆无忌惮的战略家，即马基雅维利主义的那些居心不良的后辈为我们留下的形象，那其实倒也没什么了不起。在这个如此混乱的时代，人们很难清楚地区分哪些是废话，哪些关乎未来。如果说现在有许多我们完全不想听到的声音，那便是这些有预见的专家的声音，他们镇定自若地将政治的不确定性引向某些集体行动的基本规则。这些声音并无什么玄机，倒是与他们想象力的缺失完全吻合。

马基雅维利是这种"分离"的思想者，将所有局面用一种"非此即彼"的方法进行剖解，将每次历史演变的阶段描绘成意义的岔路口。然而若说他能扣人心弦，恰恰是因为他能够让人们理解，社会活力的政治布局总是超过明智的安排，而人们总是期望这种种安排能规约政治布局。他的话总是与期待相去甚远，如果他宣称只有两条路可走，那便是为了立刻取道第三条道路。因为当人们担心地得知，一种政治形势将会导致这种或那种出路时，那最好是这么理解才对，即这一形势是由一个总体的运动在推动，将出路带向更远的地方。或许这就是不久后等待着欧洲人民的东西：由于害怕灾难，他们准备不去明白灾难已经发生。

这倒并不阻碍人们去行动。这就是为什么在一年之后，马基雅维利比以往任何时候都具有现实意义。1839 年，人们在巴黎偶遇了一位被流放的意大利哲学家，他的名字叫朱塞佩·费拉里（Giuseppe Ferrari）。他是维柯的信徒，试图和米什莱、波德莱尔和圣西门一起谈论《君主论》的作者。朱塞佩·费拉里将他那个时代的政治戏剧视作一个保留剧目，其中的角色已经由这位佛罗伦萨秘书事先分配到位。十年后，他在一本名为《马基雅维利评判我们时代的革命》（Machiavel juge des révolutions de notre temps）的书中写道，因为"从 1789 年开始，原则夺取了事件，可以说马基雅维利授意了那些话语，甚至指使了出现在大革命舞台上的人们"。

那些保留着历史悲剧感的人常常这么想，莎士比亚还在继续写他的戏剧，剧中上演的就是我们自己的慌乱。然而，当米歇尔·福柯所说的"政权那滑稽可笑的齿轮"震动时，似乎出现了相反的情况：我们如今所忍受的公共话语的退化，似乎正在不太适当的舞台上进行试验，除了蔑视，我们不再喜爱什么。这就建立起一种对于"事物的实际真相"的漠视，马基雅维利就是这么说的。但无论如何，人们正是在虚构中创造未来的政策。

因此，我们如今不知道，要在何种马基雅维利式的虚构中寻找开启我们未来的智力资源。是否还是在《君主论》中展开的这种需求哲学中寻找呢？还是在《论李维》所形成的共和党幻灭的专论中寻找？是否应该从中寻找协调我们分歧的艺术，或者向被统治者承认统治科学的方式？而在这种情况下，为什么不去看看他的戏剧，读读他的故事，甚至他的爱情诗？此处，我试图还原马基雅维利的真实面目，揭开马基维利主义的面具，看看这张脸是否就像风暴的天空那般形象各异，变化无常。这也是因为他几乎没有时间在其不同的天赋中做出选择。所有天赋都可归结为这种精准命名突发事物的艺术，归结为让见证铁证如山的安排。我们多次说过，这种见证也是诗意和政治的紧密结合。

而今，阅读马基雅维利有何种意义？或许是瓦尔特·本雅明给予历史抱负本身的那种意义："从事史学家的事业并不意味着能知晓'事物实际上是如何发生的'。这意味着抓住一种记忆，那种在危险时刻突然出现的记忆。"这种记忆捉摸不定，也过于脆弱，足以构成我们的悲观主义。因为无论是在这里还是在别处，如果我们谈论如此之多的焦虑，这肯定不是为了麻痹行动。恰恰相反，是用一种怀疑的原则去激发行动；怀疑原则是认识的第一动力。在这个思想皱褶中表达的就是政治，这个政治只有在承认行动的不确定威力之时，只有在面对偶然与天命的挑战之时才有其价值。

因为许多伟大的政治思想往往都是无法兑现的承诺。它与振奋人心的声明相去甚远，是听不见的话语，既脆弱又不易理解，但人们却应当再次洗耳恭听。在告别之际，如果我只能记下一个政治思想，我会欣然选择莫里斯·梅洛-庞蒂1949年对马基雅维利的解读，以便从中辨认出一种"严肃人文主义"的希望。他的严肃在于拒绝，既拒绝求助美好原则，也拒绝沉迷于犬儒主义。人们不能放弃战胜时间的不确定性,因为"机遇只有在我们放弃理解、放弃渴望时才会出现"。如果说马基雅维利式的人类学悲观主义还没有关闭,那是因为它还没有最终否定这种可能性,即政治中还存在一种道德。显然这并非公共道德,不过梅洛-庞蒂倒是说:"马基雅维利并没有忽略价值观,他认为这些价值是鲜活的,像个工地那样人声鼎沸,与某些历史活动紧密相连。"

我不为别的而写,只为在此铭刻下一个经历的痕迹。这个经历在几乎被遗忘殆尽很长时间后,仍然是而且将还是可供参考的经历。失败并不那么重要,因为很久以来,我们都知道还存在当胜利者的不可能性。马基雅维利将经历更多其他的冬天,更多其他的夏天。正如梅洛-庞蒂所写,他善于"用同一举动分开希望与失望"。

帕特里克·布琼

2017 年 4 月 5 日

阅读马基雅维利

马基雅维利作品的参考书目都是意大利语版本，其中最具权威的版本可列举如下：马里奥·马特利的《全集》（Mario Martelli，*Tutte le Opere*，Florence，Sansoni，1971）；科拉多·维凡提的三卷本《作品集》（Corrado Vivanti，*Opere*，Turin，Einaudi，1997‑2005）；以及由罗马出版商萨莱诺 2000 年出版的"民族"版，该版本主要包括外交文章和国务厅通信，是马基雅维利在美第奇家族 1512 年政变之前所写的作品。这部数量可观的文集——七卷本《公使团、公使专员及政府文件，1498—1512 年》（*Legazioni，Commissarie e Scritti di Governo*，*1498‑1512*，Jean-Jacques Marchand ed.，Rome，Salerno，2001‑2012），改变了我们对这位行动者的认识，而这正是马基雅维利首先担任的角色。

至于马基雅维利主要作品的法译本，我更喜爱七星文库的 1952 年版本，即《作品集》(Œuvres，Christian Bec ed.，Paris，Robert Laffont，1966)，这个版本略显陈旧，但让·吉奥诺别具启发性的引言仍有价值。书中我最常参考的正是这个版本，并有若干修改之处，不过《论蒂托·李维著〈罗马史〉前十卷》不包含在内。对于这本书，我首先采用的是伽利玛出版社于 2003 年出版的阿莱桑德罗·冯塔纳 (Alessandro Fontana) 和泽维尔·塔贝 (Xavier Tabet) 的精彩版本。

《君主论》的法译本有许多新版，都非常有用。我曾经为这本"恶毒的手册"推荐过一个有评注的插图版本，即由安东内拉·弗内什-柯洛克 (Antonella Fenech-Kroke) 编撰的版本 (Paris，Nouveau Monde，2012)，它试图通过各种插图，将文本置于其视觉的文化中，精选的插图配有文字说明。我们还重新采用杰奎琳·黎塞特 (Jacqueline Risset) 的灵活对话体译本，完美地展现了马基雅维利的敏捷思维。这个译本于 2001 年在南方文献出版社（Actes Sud）的"巴别塔丛书"中独立出版，重印了这位翻译但丁作品的伟大女翻译家建议的作品，那是在南泰尔的阿曼迪斯剧场 2001 年 4 月上演剧目时提出的建议。

我在本书中使用的译本，是 2000 年由法国大学出版社（PUF）出版的那个出色的批注版本，由让-路易·富尔内（Jean-Louis Fournel）和让-克劳德·赞卡里尼（Jean-Claude Zancarini）更为精准地进行翻译的译本，2014 年由"四马战车丛书"（Quadrige）复校和修订。该版本与两位政治哲学专家博学的评注密切相关，在本书的许多地方，我所仰仗的也正是这些评注。

2013 年，《君主论》成书五百周年纪念活动在意大利和欧洲其他地方举行，得到学术界和出版界的诸多倡议，其中最著名的当属意大利百科全书基金会推出的三卷本《马基雅维利百科全书》（*Enciclopedia Machiavelliana*，Genaro Sasso & Giorgio Inglese ed.）。尽管我所参考的传记一直都采用罗伯特·里多尔菲（Roberto Ridolfi）1954 年出版的那一部二卷本《尼可罗·马基雅维利传》（*Vita di*

Niccolò Machiavelli，后来还有许多校勘和修订版本），还有许多用法语写成的描写其生平的散文值得大力推荐。如《马基雅维利的革命》（Ugo Doti，*La Révolution Machiavel*，Grenoble，Jérôme Millon，2006，orig. 2003），该书非常精准，足以了解他生活中事件的细节，这些细节很快在马里纳·马里耶蒂（Marina Marietti）的作品中得到引用，即《马基雅维利：需求的思想家》（*Machiavel. Le penseur de la nécessité*，Paris，Payot，2009）。更加生动的是昆廷·斯金纳的尖刻散文《马基雅维利》（Quentin Skinner，*Machiavel*，Le Seuil，1989），并由"瑟伊观点丛书"（Points Seuil）于2001年再版（原版为1981年）。再读桑德罗·兰迪的译本《马基雅维利》（Sandro Landi trans.，*Machiavel*，Paris，Ellipses，2008），也很有补充价值。

若想从整体上了解意大利的背景，可以阅读伊丽莎白·克鲁泽-帕万的《意大利多种文艺复兴，1380—1500年》（Élisabeth Crouzet-Pavan，*Renaissances italiennes，1380-1500*，Paris，Albin Michel，2007，repr. 2013），我尤

其在本书第 16—17 页借用了该书的内容，即 1469 年佛罗伦萨骑士比武的描述。初次涉及美第奇家族统治下的佛罗伦萨历史，我们还可以参考收录于《历史》（*L'Histoire*）杂志一个专栏里的若干文章（La Florence des Médicis，No. 274，2003. 3）。对意大利 15 世纪的城邦体系及其治理模式创造性的整体看法，建议参照帕特里克·布琼主编的《十五世纪世界史》（*Histoire du monde au XVᵉ siècle*，Paris，Fayard，2009，p. 53 - 72）的"意大利政治实验室"（Les laboratoires politiques de l'Italie）。

如果说我放弃了某些加重本书篇幅的博学成果及启发研究的参考书，另一些暗示仍应在这里得到解释：文艺复兴是否从再次发现卢克莱修开始，而且已经武装到位？这正是斯蒂芬·格林布拉特在其书中所维护的观点，这本杰出而引人入胜的书被翻译成法语，标题为《十五世纪》（Stephen Greenblatt，*Quattrocento*，Flammarion，2013）。我在第五章的观点与奥海良·罗伯特（Aurélien Robert）对这部著作带有疑虑的阅后感《卢克莱修和现代性》（*Lucrèce et la modernité*）基本一致，后者发表于网站"思想的生命"（La vie des idées）上。至于萨伏那洛拉式预言（第六章），我主要依据的是让-路易·富尔内和让-克劳德·赞卡里尼作品中论述的一些假说，见《试验的政治：萨伏那洛拉、圭恰迪尼和佛罗伦萨的共和主义》（*La Politique de l'expérience. Savonarole，Guicciardini et le républicanisme florentin*，Turin，Edizioni dell'Orso，2002），而我们关于纪念碑（第七章）的认识，全部或几乎全部来自克里斯蒂娜·克拉庇施-祖伯的精湛作品，《家族与名望：文艺复兴时期意大利的战略与仪式》（Christiane Klapisch-Zuber，*La Maison et le Nom. Stratégies et rituels dans l'Italie de la Renaissance*，Paris，Éditions de l'EHESS，1990）。关于国务厅的工作和马基雅维利的语言（第九章），我得益于让-雅克·马尔尚（Jean-Jacques Marchand）所作的分析，收录在《无美第奇家族的马基雅维利（1498—1512），权力的书写，书写的权力》［*Machiavello senza i Medici（1498 - 1512）. Scrittura del potere/ potere della scrittura*，Rome，Salerno，2006］。关于马基雅维利的写作风格，我则得益于哈维·C. 曼斯菲尔德的《马基雅维利

143

的德行》（Harvey C. Mansfield, *Machiavelli's Virtue*, Chicago UP, 1996）。至于对 1527 年事件的叙述（第二十八章），显然依据的是安德烈·沙泰尔的伟大作品《罗马的洗劫，1527 年》（André Chastel, *Le Sac de Rome*, *1527*, Paris, Gallimard, 1984）。

就我而言，本书中讨论的某些主题，我在以前的作品中已经有所提及，因此也照例参照了一些（也参考了它们相关的文献），尤其是第十章，但也有政治的不确定性问题及雅克·朗西埃（Jacques Rancière）定义下的"不和"问题（贯穿于本书全部），见《十五世纪意大利王公制中政变的理论与实践》（Théories et pratiques du coup d'État dans l'Italie princière du *Quattrocento* ），载于弗朗索瓦·福龙达（François Foronda）、让-菲利普·热内（Jean-Philippe Genet）和何塞·玛丽亚·涅托·索里亚（José Maria Nieto Soria）主编的作品中。

而观点问题，即乔治·迪迪-于贝尔曼（Georges Didi-Huberman）所理解的观点［例如在《当图像采取立场，第一卷，历史之眼》（*Quand les images prennent position*, 1.

L'œil de l'histoire，Paris，Minuit，2009]，启发了"采取立场的政治艺术"的诸多阐述（第二十章），而在《莱昂纳多与马基雅维利》(*Léonard et Machiavel*，Verdier，2009)中，已经有过这些阐述，尤其可以参照关于命运和河流的思考（第十五章），该思考提出了政治失败和思想清醒之间的关系问题。该问题后来又在《在此期间》中(*L'Entretemps*，Verdier，2012) 得到进一步探讨。最后，马基雅维利1513年写给其朋友弗朗切斯科·韦托里的书信（第十一章），批注非常丰富，在《知识的盛宴：传授的但丁式颂词》(*Au banquet des savoirs. Éloge dantesque de la transmission*，Bordeaux-Pau，Presses universitaires de Bordeaux/Presses universitaires de Pau et des Pays de l'Adour，2015) 中有几个详尽的片段。

第十一至十五章中提供的《君主论》的评论，除去前面列举的那些批评版本外，还参考了许多其他评阅本，主要是伊夫-夏尔·扎尔卡和蒂埃里·梅尼斯耶的研究，《马基雅维利：〈君主论〉或政治新艺术》(Yves-Charles Zarka，Thierry Ménissier，*Machiavel*，Le Prince *ou le*

145

Nouvel Art politique，Paris，PUF，2001），以及更普遍的情况下，玛丽·盖耶的《马基雅维利与哲学传统》（Marie Gaille，*Machiavel et la tradition philosophique*，Paris，PUF，2007）。我们最终明白，阅读马基雅维利，就不得不读那些倾心于他的人，他们或多或少对他较为友善，花气力去思考他、评论他、批评他。尤其是保罗·卡尔塔和克扎维埃·塔贝主编的作品，《马基雅维利在十九和二十世纪》（Paolo Carta & Xavier Tabat dir.，*Machiavel aux XIXe et XXe siècles*，Padoue，CEDAM，2007），我在这本书中借用了马克·安东尼·朱利安的引文，而毛里斯·若利的例子则来自卡洛·金兹伯格（Carlo Ginzburg）的《代表敌人：关于礼仪的法国史前史》（Représenter l'ennemi. Sur la préhistoire française des *Protocoles*），载于《思路与踪迹：真实的虚构错误》（*Le Fil et les traces. Vrai faux fictif*，Lagrasse，2006，p. 275 - 303）。还有朱塞佩·费拉里的作品《马基雅维利，我们时代革命的法官》（*Machiavel，juge des révolutions de notre temps*，orig. 1849，trans. French，Paris，Payot，2003）；见路易·阿尔

都塞的作品《哲学与政治文集》（*Écrits philosophiques et politiques*，éd. François Matheron，Paris，Stock/IMEC，1995；p. 51，针对葛兰西阅读马基雅维利的引用）。

自从约翰·波考克的著名作品开始，人们称呼一种状态为"马基雅维利时刻"，出自波考克的《马基雅维利式时刻：佛罗伦萨的政治思想和大西洋的共和主义传统》（John G. A. Pocock，*Le Moment machiavélien*：*la pensée politique florentine et la tradition républicaine atlantique*，*orig*. 1975，Paris，PUF，1997）。这是对共和主义理想之无能的清醒意识。考虑到针对这个概念的批评，尤其参见热拉尔德·斯费兹和米歇尔·塞内拉尔的作品《马基雅维利的关键》（Gérald Sfez，Michel Sennelart，*L'Enjeu Machiavel*，Paris，PUF，Collège international de philosophie，2004）。我从中看到，一旦政治不确定性突然出现，就有一种总体上针对马基雅维利思想的现实化和祛魅。在这个意义上，这里推荐的阅读很大程度上应归功于克洛德·勒弗的《作品的劳作，马基雅维利》（Claude Lefort，*Le Travail de l'œuvre*，*Machiavel*，Paris，

Gallimard，1972），以及《写作：经受政治的考验》（*Écrire. À l'épreuve du politique*，Paris，Calmann-Lévy，1994）。或许更大程度上要感谢莫里斯·梅洛-庞蒂作品中文采飞扬的若干页内容，即"马基雅维利记事"（Note sur Machiavel，1949），载于《符号》（*Signes*，Paris，Gallimard，1960，repr. 1985，p. 267–283）。正是这些成果鼓舞着本书的尾声。